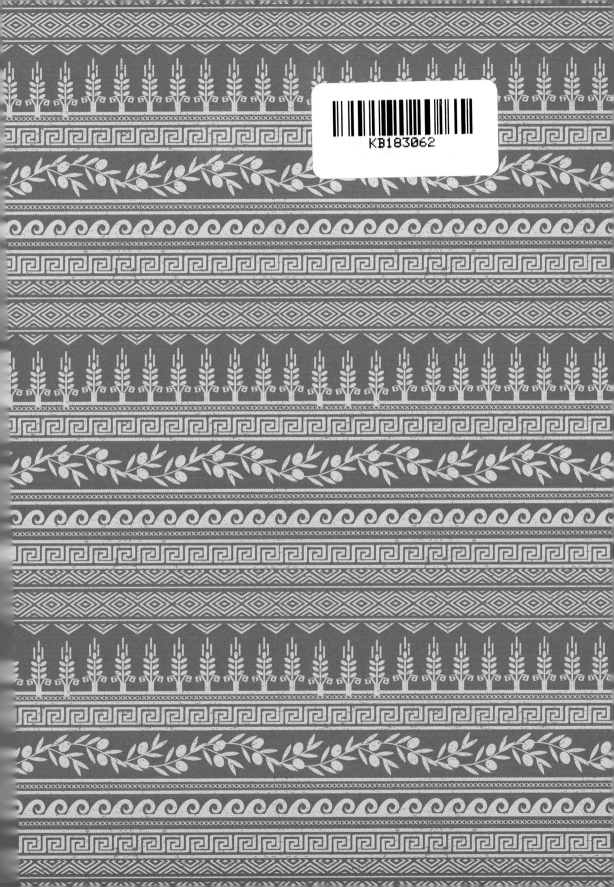

주석으로 쉽게 읽는
고정욱 그리스 로마 신화 6

주석으로 쉽게 읽는

고정욱
그리스
로마 신화

6

영웅들의 위대한 계보

고정욱 지음

애플북스

Greek and Roman Mythology

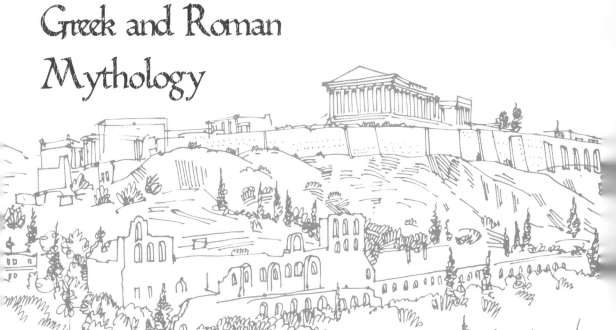

차례

1

페르세우스의 탄생

고대 아르고스 땅에 새로운 왕이 나타났다. 그의 이름은 아바스. 왕의 슬하에는 아들 둘이 있었는데, 쌍둥이 프로이토스와 아크리시오스였다. 쌍둥이는 보통 사이가 좋은데, 그들 형제는 전혀 그렇지 않았다.

가까이에서 왕자들을 지켜본 사람들은 이렇게 말했다.

"저 두 왕자는 어머니 배 속에서부터 다퉜다니까요."

어머니인 아글라이아 왕비는 배 속에서 쌍둥이가 투닥거리는 통에 자다가도 벌떡벌떡 일어나곤 했다. 태어나서는 말할 것도 없이 엄마 젖을 먹을 때도 쌍둥이 형제는 치열하게 치고받았다.

"왕자님들 사이가 저리 안 좋으니 큰일입니다."

"우리 아르고스의 앞날이 어두워요."

왕자 둘이 어려서부터 싸우는 것을 봐온 원로들은 나라의 앞날을 걱정했다.

사실상 쌍둥이 왕자들은 배 속에서부터 권력을 두고 싸워야 할 운명이었다. 장자 우선의 원칙에 따라 먼저 태어나는 자가 왕위를 물려받기 때문이었다. 하지만 태어난 순서로 우위를 가리기는 힘들었다. 쌍둥이라고 해도 시간차를 두고 태어나니 엄밀히 따지면 형과 아우가 있겠으나, 같은 날 몇 분 차이밖에 나지 않으니 먼저 나왔다고 해서 장자로 인정하고 왕위를 물려줄 수는 없었다. 이런 아들들을 보는 부모의 마음도 편치 않았다. 특히 아바스 왕은 늘 걱정이었다.

'저 아이들이 저렇게 사이가 나쁘니 어떡하면 좋겠는가?'

그렇게 두 왕자의 불화 속에서 마침내 아바스 왕도 나이를 먹어 죽음을 앞두게 되었다. 왕은 왕자들을 불러서 말했다.

"아들들아, 내 말을 듣거라."

"예, 아버지. 말씀하십시오."

두 왕자는 아버지의 곁에서 임종을 지키고 있었다.

"이 나라를 누구에게 맡길지 깊이 고민했단다."

왕이 마지막 유언을 하기 시작하자 정적이 흘렀다.

"지금 내가 하는 말을 그대로 따라야 하느니라. 알겠느냐?"

"예, 아버지."

"너희 둘은 1년씩 번갈아가며 이 나라를 다스리거라. 그것이 내 뜻이니라."

나름대로 지혜로운 해결책이었다.

"아버지 유언대로 따르겠습니다."

왕이 죽기 직전에 내린 유언을 누가 거역할 수 있겠는가. 그 자리에 있던 신하들도 고개를 숙였다.

"대왕이시여, 참으로 공평한 처사입니다. 그럼 누가 먼저 다스리면 되겠습니까?"

신하들의 물음에 아바스 왕은 아무 대답이 없었다. 고개를 들고 보니 왕은 이미 숨을 거둔 후였다.

누가 먼저 나라를 다스릴지 정해지지 않은 상태에서 성대한 장례식이 치러졌다. 장례를 마치고 애도 기간이 끝나자 마침내 으르렁대던 두 왕자는 담판을 벌였다.

프로이토스가 먼저 말했다.

"형인 내가 먼저 통치하겠다."

"겨우 10분 먼저 태어났다고 왕위를 차지할 셈이냐?"

"지금 나한테 맞서는 것이냐?"

"1년 뒤에 왕위를 내준다는 보장이 어딨어?"

"나를 못 믿겠다는 거냐?"

왕자들은 티격태격하던 끝에 마침내 칼을 뽑았다. 형제간의 결투가 시작되었다. 신하들과 백성들도 두 왕자 중에 한쪽을 지지하면서 편이 갈렸다.

싸움은 이내 결판이 났다. 좀 더 우세한 아크리시오스가 먼저 왕국을 다스리게 되었다. 패배한 프로이토스는 왕국을 떠날 수밖에 없었다. 아크리시오스는 프로이토스가 왕국 근처에 얼씬도 하지 못하도록 추격대를 보내 멀리 쫓아버렸고, 프로이토스는 리키아까지 달아나야 했다.

"이제 더 이상 추격대가 보이지 않습니다."

부하들의 말에 한숨을 돌린 프로이토스는 리키아의 왕을 찾아갔다. 이오바테스 왕은 프로이토스를 마음에 들어하며 기꺼이 받아주었다. 그리고 시간이 흐르자 자기의 딸인 스테네보이아와 결혼시켰다. 왕국을 찾아온 다른 나라의 왕자를 그 나라의 공주와 혼인시키는 것은 종종 있는 일이었다.

리키아의 공주와 결혼한 지 1년이 지났을 때 프로이토스는 왕에게 말했다.

"왕이시여, 제가 이 나라에 왔을 때는 1년 뒤에 아르고스의 왕위를 꼭 되찾으리라 결심했습니다. 당시에는 아크리시오스가 왕위에 있었지만 1년이 지나면 명분을 잃기 때문입니다. 이제 그 1년의 기한이 다가왔습니다."

"알겠네. 내가 자네를 도와주지."

그리하여 프로이토스는 장인인 이오바테스 왕의 군대를 이끌고 고국으로 진군했다. 그는 성벽 앞에 도달하자 아크리시오스에게 외쳤다.

"아버지의 유언대로 1년간 다스렸으니 이제 내가 왕위를 물려받을 차례다."

하지만 나라를 통치하고 있던 아크리시오스가 왕위를 순순히 내줄 리 없었다.

"내 앞에 무릎 꿇고 사정해도 내어줄까 말까 한데 다른 나라의 군대까지 끌고 오다니! 어림도 없다. 이 나라를 너에게 맡길 수는 없는 일!"

아크리시오스는 단번에 거절했다.

"내 그럴 줄 알았다. 단단히 각오해라!"

아르고스 성벽을 사이에 두고 또다시 형제간에 전쟁이 벌어졌다. 전쟁은 승패가 나지 않고 점점 더 치열하게 이어졌다. 이를 보다 못한 백성들과 원로들이 중재에 나섰다.

"두 분이 서로 싸우기만 한다면 그 틈을 타서 외적이 우리 왕국을 쳐들어올 것입니다. 이제 싸움을 멈추시고 제발 협상을 하시기 바랍니다. 대화로 문제를 풀어보세요!"

그로 인해 길고 긴 협상 끝에 아르고스의 수도를 중심으로 남쪽 왕국은 아크리시오스가 계속 다스리고, 프로이토스는 북쪽에 티린스 왕국을 건설하기로 했다.

아크리시오스는 왕위를 빼앗기지는 않았지만, 이웃에서 프로이토스가 호시탐탐 아르고스를 노리고 있는 것에 불안했다. 그 와중에 에우리디케와 사이에서 딸인 다나에가 태어나자 그는 크게 실망했다.

아들이 절실했던 아크리시오스는 신들의 뜻을 알아보기 위해 델포이 신전을 찾아갔다. 제물을 정성껏 바치고 신탁을 청하자, 아폴론은 사제의 입을 통해 말했다.

"아바스의 아들 아크리시오스여, 너는 아들을 낳지 못할 운명이다."

아크리시오스는 크게 실망한 나머지 휘청거렸다.

"아아, 아들이 없다면 이 나라를 누구에게 물려준단 말입니까?"

"하지만 너의 딸이 낳을 아이가 영웅이 되어 왕국을 다스릴 것이다."

아크리시오스는 쓸쓸한 마음을 달래며 신전 바닥에 엎드려 예를 표했다. 그때 신탁의 목소리가 또다시 들렸다.

"하지만……."

신들은 항상 인간들의 운명에 조건을 걸었다.

"또 무엇이 있습니까?"

"언젠가 너는 그 손자에게 죽임을 당할 것이다."

"이럴 수가! 어째서 저에게 그토록 가혹한 운명을 지우신단 말입니까?"

"하지만 너무 괴로워하지 말거라. 그 손자가 너를 미워해서 그런 것은 아니니라."

아크리시오스는 두려움에 떨며 궁으로 돌아왔다. 신탁의 목소리가 귓가에서 떠나지를 않았다. 운명을 피할 방법은 없는 것일까? 아크리시오스는 살길을 찾아 밤낮으로 궁리했다.

'어떻게 하면 나의 운명을 피할 수 있을까? 손자가 나를 죽이는 끔찍한 일이 벌어지도록 그냥 두고 볼 수는 없다.'

그리하여 그는 손자가 태어나지 못하게 하면 되겠다는 생각에 이르렀다. 딸을 영원히 결혼시키지 않으면 될 일이었다. 궁리 끝에 아크리시오스는 사랑하는 딸 다나에를 가두기로 했다.

"궁궐 내에 튼튼한 감옥을 지어라!"

왕은 청동탑을 세워서 그 꼭대기에 감옥을 만들었다.

청동탑의 감옥은 쥐 새끼 한 마리 드나들 수 없을 정도로 철저하게 막혀 있었다. 바깥으로는 공기가 통할 수 있게 창문 하나만 내고, 역시 청동 문을 달아서 잠갔다.

영문도 모른 채 갇힌 다나에는 울면서 물었다.

"아버지, 제가 무슨 잘못을 했길래 이러시는 건가요?"

"사랑하는 나의 딸 다나에야. 너에게는 아무 잘못이 없다. 하지만 너는 이곳에 있어야만 한다."

"왜 저를 이런 감옥에 가두시는 거예요?"

"네가 결혼해서 아이를 낳으면 그 아이가 나를 죽이는 운명이 정해져 있단다."

이 말을 듣자 다나에는 고개를 숙일 수밖에 없었다. 아직 태어나지도 않은 아이보다 아버지의 목숨이 더 중요했다. 수십 년이 지나 더 이상 아이를 낳을 수 없는 나이가 되면 풀려날 수도 있을 터였다. 다나에는 아버지를 위해 자신의 숙명을 받아들이기로 했다.

"그렇다면 저는 이곳에서 숫처녀로 늙겠습니다."

"미안하구나. 이것은 나라를 위한 일이기도 하단다."

아름다운 다나에는 그날부터 청동탑 꼭대기에 갇혀 살아야 했다. 간수들도 모두 여자였다. 감옥에 접근할 수 있는 남자는 아버지인 아크리시오스뿐이었다. 왕은 만에 하나 있을 불상사를 막기 위해 철저하게 대비했다. 그러나 신들이 정해놓은 운명을 한낱 인간이 피할 수는 없었다.

올림포스산에 있는 제우스는 다나에가 태어났을 때부터 아름다운 그녀를 눈여겨보고 있었다. 청동탑을 아무리 빈틈없이 만든다 한들 신을 막을 수는 없었다. 더구나 신들의 왕 제우스는 더 말할 나위 없었다.

한창 피어나는 꽃다운 열여섯의 다나에가 침대에 누워 잠들었을 때였다. 감옥 바깥에서 빗소리가 들렸다. 비가 엄청나게 퍼붓더니 어두운 감옥 창문 틈으로 빗물이 스며들었다. 황금빛 소나기였다. 다나에는 그만 빗물에 온통 젖어 잠에서 깨어났다. 아무도 그것이 제우스의 정령인 것을 알지 못했다. 다나에는 빗물을 받아 잉태한 것이다.

다나에가 임신한 사실은 여간수들 말고 아무도 알지 못했다. 간수들은 다나에를 감싸주었다. 이 사실이 왕에게 알려지면 감시를 소홀히 했다는 죄목으로 자신들의 목이 달아날 터였다. 점점 배가 불러오던 다나에는 아홉 달이 지나 아들을 낳았다. 아이의 이름은 페르세우스라고 지었다. 다나에는 여간수들의 비호 아래 감옥 안에서 정성껏 페르세우스를 키웠다.

어느 날 아크리시오스는 딸이 어떻게 지내는지 궁금했다.

"흠, 다나에를 못 본 지도 꽤 되었구나."

아무리 가혹한 아버지이지만 딸을 청동 감옥에 가둬놓고 마음이 편할 리 없었다. 아크리시오스는 시종들을 거느리고 청동탑의 계단을 올라갔다. 그때 감옥을 울리는 아기의 울음소리가 들리는 것이 아닌가.

"응애! 응애!"

아크리시오스는 대경실색하여 소리쳤다.

"아니, 이게 무슨 소리냐? 이것은 아기의 울음소리가 아니더냐? 당장 문을 열어보아라!"

굳게 닫혔던 청동 문이 열리자 그곳에는 놀라운 장면이 펼쳐졌다. 다나에가 아들 페르세우스를 안고 있었던 것이다.

"이게 어찌 된 일이냐!"

아크리시오스는 그 자리에서 부들부들 떨었다. 그 아이가 제우스 신의 아이일 거라고는 꿈에도 생각하지 못한 그는 분명히 흉계가 있을 것이라고 여겼다.

"이런 짓을 해서 나를 망치려고 하는 자는 이 세상에 단 하나뿐이다. 나의 쌍둥이 프로이토스의 짓이 분명하다. 어떤 놈을 이곳에 집어넣어 아기를 낳게 한 것 아닌가?"

아크리시오스는 자신의 추측이 맞다고 확신했다. 프로이토스에 대한 복수는 나중에 하기로 하고, 일단 이 위험한 아이가 혹시라도 자신의 숙부에게 갈까 봐 다나에와 손자를 한꺼번에 죽이기로 결심했다. 하지만 칼을 들어 찌르려던 순간 그는 마음이 약해졌다. 아기는 너무나 귀여웠고, 딸은 여전히 사랑스러웠다.

'아아, 차마 내 손으로 죽일 수가 없구나.'

그 순간 그에게는 교활한 생각이 떠올랐다. 무슨 일이 있어도 손자의 손에 죽고 싶지 않았다. 그래서 다른 힘을 빌려 손자와 딸을 제거해야겠다는 생각에 이르렀다.

'파도가 이 아이와 내 딸을 삼켜버리면 될 것 아닌가? 물고기들이 바로 뜯어 먹을 테니까. 그럼 프로이토스는 실망하겠지.'

아크리시오스는 신하를 불러 명령을 내렸다.

"당장 공주와 저 아기를 상자에 넣어서 바다에 던져버려라."

왕의 지엄한 명령이었다. 신하들은 즉시 상자를 만들었다. 사람이 들어갈 수 있는 크기에 물 한 방울도 새어 들지 않는 튼튼하고 빈틈없는 상자였다. 신하들은 그 상자 속에 다나에와 페르세우스를 넣고 배에 태위 큰 바다로 나가 던져버렸다. 상자는 이내 폭풍우에 휩싸여 깊은 바닷속으로 빨려들듯이 떠내려갔다.

"자, 우리는 왕의 명령을 이행했으니 그만 돌아가자."

그리하여 다나에와 페르세우스의 운명은 종말을 맞이하는 것 같았다.

한편 아르고스 왕국과 마주 보고 있는 바다 건너에 세리포스섬이 있었다. 그 섬에 사는 딕티스라는 어부가 배를 타고 나가 그물을 던졌는데, 뭔가 묵직한 것이 걸렸다.

"어마어마하게 큰 고기가 걸린 모양이다!"

어부는 신이 나서 힘껏 끌어 올렸는데, 그물에 걸린 것은 물고기가 아니라 커다란 상자였다. 너무 무거워 배 위로 올리지는 못하고 밧줄에 매단 채로 있는 힘을 다해 노를 저어 뭍으로 돌아갔다.

아주 정성 들여 만든 상자는 모서리마다 청동을 덧댄 것이 아름답고 비범하기 이를 데 없었다.

'이게 무슨 상자일까?'

딕티스는 보물 상자라도 건졌나 싶어 끌을 박아서 몇 군데 망치로 때려보았지만 열리지 않았다. 마법의 상자처럼 단단히 봉해진 데다 어디로 여는지도 알 수 없었다. 딕티스는 상자를 면밀히 살펴보았다. 그러자 구멍 하나 보이지 않던 상자 한쪽에 아주 작은 나무못이 하나 박혀 있었다.

"옳거니, 이게 여는 부위로구나."

나무못을 살살 돌려서 뽑아내자 또 다른 못이 튀어나왔다. 못과 쐐기를 뽑아내고 나뭇조각을 이리저리 밀고 젖혔다. 마침내 상자의 뚜껑이 열리자 안에서 광채가 뿜어 나오는 듯했다. 깜짝 놀란 딕티스가 상자 속을 들여다보니 아름다운 여인과 아기가 비단과 융으로 둘러싸인 채 잠들어 있었다.

"이보시오! 죽은 것이오, 살아 있는 것이오?"

딕티스가 두 사람을 흔들어보았다. 숨이 약하기는 했으나 다행히 살아 있었다. 그들은 바로 다나에와 아들 페르세우스였다. 딕티스는 서둘러 정신을 잃은 두 사람을 자기 집으로 데려갔다.

다나에가 정신을 차리자 딕티스는 방을 하나 비워주고 아기를 키울 수 있도록 모든 것을 준비해주었다.

"이 방에서 머물도록 하시오."

사실 딕티스는 왕족이었다. 세리포스섬의 왕이 바로 그의 형제인 폴리덱테스였다. 동정심이라고는 없는 왕은 여자들을 증오한 나머지 결혼하지 않겠다고 선언했다. 반면 딕티스는 폴리덱테스가 맘껏 왕 노릇을 할 수 있도록 자신은 바닷가에서 물고기나 잡으며 지내고 있었다. 그래도 왕에게 이 사실을 보고해야 했기에 그는 다나에와 페르세우스를 데리고 궁으로 들어갔다.

"대왕이시여, 바다에 떠내려온 여인과 그 아들을 데리고 왔습니다."

여자라고는 쳐다보지도 않던 폴리덱테스는 다른 곳을 보며 거만하게 말했다.

"네가 데리고 살든지 노예로 부리든지 하여라."

그러고는 고개를 돌린 순간 폴리덱테스는 눈이 휘둥그레졌다. 다나에의 아름다움에 그대로 빠져들었던 것이다.

'저렇게 아름다운 여인이라면 내 아내로 삼고 싶구나.'

그는 즉시 표정을 바꾸고 다나에에게 다가갔다.

"아름다운 여인이여, 그대가 이곳에 오게 된 것은 나와 맺어질 운명인 것 같소. 나와 결혼해서 이 나라를 다스리며 살지 않겠소?"

하지만 다나에는 거절했다.

"저는 미천한 여자입니다. 전하의 아내가 될 자격이 없습니다."

교양 있는 말투로 보아 평범한 신분이 아니라는 생각이 들자 폴리덱테스는 더욱 몸이 달았다.

그는 강압적인 투로 말했다.

"여인은 나의 명령을 따르라!"

"제발 저를 놓아주십시오."

왕은 마침내 협박하기에 이르렀다.

"내 말을 따르지 않으면 네 아들과 함께 죽을 수도 있다."

하지만 다나에의 마음은 단호했다.

"차라리 죽여주십시오."

다나에가 완강하게 나오자 왕도 어찌할 수가 없었다.

"그렇다면 일단 딕티스의 집에서 살도록 하라. 지내는 동안 불편하지 않도록 지원해줄 것이다."

언뜻 배려하는 듯했지만 왕의 속셈은 따로 있었다.

'잘 보살펴주다 보면 언젠가는 마음이 바뀌겠지.'

어쨌든 다나에는 아들을 키우며 세리포스섬에 살 수 있게 되었다. 하

지만 이후로도 끊임없이 왕의 구애에 시달려야 했다.★

　어느덧 세월이 흘러 페르세우스는 위풍당당한 젊은이가 되었다. 용모도 수려했을 뿐만 아니라 왕족으로서 건장한 몸과 지혜를 타고났다.

　폴리덱테스는 다나에를 포기하지 않고 집요하게 결혼을 요청했는데, 점점 커가는 페르세우스가 걸리적거리는 장애물이었다. 어느 정도 생각할 나이가 되자 페르세우스는 어머니 다나에에게 말했다.

　"어머니! 저런 자와 결혼하시면 안 됩니다. 어머니께는 제가 있습니다. 제가 끝까지 어머니를 보살펴드릴게요."

　급기야 폴리덱테스는 페르세우스를 어떻게든 제거해야겠다고 생각했다.

　'이 녀석이 있는 한 다나에와 결혼할 수 없겠군.'

　철석같이 의지하는 아들이 사라지면 다나에도 결혼을 허락할 수밖에 없으리라고 생각했던 것이다.

여기서
잠깐!!

이 이야기는 우리나라 고주몽의 신화와 비슷해. 해모수의 아이를 임신한 유화 부인이 방황하고 있을 때 동부여의 금와왕이 나타나지. 그는 유화 부인의 미모에 홀려 자신의 아내로 삼았어. 그리고 태어난 아이가 바로 고주몽이야. 고주몽은 다른 왕자들의 질시를 못 견디고 도망쳐 고구려를 건국하지. 이렇게 신화는 하나의 원형에서 퍼져 나가 전 세계에서 비슷한 이야기로 나타나는 거야.

폴리덱테스는 교활한 꾀를 한 가지 떠올리고는 섬에 있는 모든 귀족들을 불러 모았다. 여기에는 물론 페르세우스도 포함되었다. 그들이 모두 궁에 모이자 왕은 간사한 작전을 펼쳤다.

"나는 오랫동안 다나에에게 청혼했지만 이제 마음을 결정했소. 다나에와 결혼하지 않을 것이오. 그 대신 피사의 오이노마오스 왕의 딸인 히포다메이아를 나의 배필로 맞이하기로 했소."

그러자 모두 웅성웅성했다. 조그만 섬나라의 왕인 폴리덱테스가 피사같이 큰 나라 왕의 사위가 된다는 것은 쉬운 일이 아니었다.

"그대들이 무슨 생각을 하고 있는지 알고 있소. 초라한 왕국의 왕이 대국의 공주에게 청혼하려면 선물을 많이 가져가야 할 것이오. 그래서 선물로 바칠 말 한 필씩 그대들에게 공출할 생각이오."

왕의 뜻을 거역할 수는 없었다. 귀족들은 모두 고개를 조아리며 말했다.

"폐하의 뜻에 따르겠습니다."

개중에 말을 한마디도 하지 않고 가만히 있던 사람은 단 한 명이었다. 바로 페르세우스였다. 뭔가 흉계가 있다는 것을 알아챈 그는 앞으로 나서서 아뢰었다.

"대왕이시여, 저에게는 말이 없습니다. 하지만 저의 어머니를 놓아주신다니 감사할 따름입니다. 말 대신 무엇이든 바쳐서 신하의 예를 다하겠습니다."

"그 말을 지킬 수 있겠는가?"

"예, 그렇습니다. 무슨 일이든지 시켜주십시오."

"진정 무엇이든 할 것이냐?"

페르세우스는 어머니를 위해서라면 목숨도 아깝지 않았다.

"무엇이든 하겠습니다."

"그렇다면 메두사의 목이라도 베어 올 수 있겠는가?"

그 말을 듣고 정작 깜짝 놀란 것은 주위에 있던 다른 신하들이었다.

"메두사의 목이라니?"

귀족들은 모두 서로의 얼굴을 바라보며 수군거렸다.

널리 알려진 대로 메두사는 고르곤의 세 자매 가운데 하나이며, 그녀와 눈을 마주치는 순간 모두 돌로 변해버리는 무서운 괴물이었다.★ 그래서 누구도 메두사의 목을 벨 수 없었다.

하지만 젊고 혈기 왕성한 페르세우스는 큰 소리쳤다.

"전하의 분부라면 받들어야지요. 기꺼이 메두사의 목을 베어 오겠습니다."

결국 페르세우스는 폴리덱테스의 꾀에 걸려들고 말았다. 왕은 미소 지으면서 벌떡 일어나더니 외쳤다.

여기서 잠깐!!

고르곤은 '무서운', '두려운'이라는 뜻의 고르고스에서 유래했는데, 세 명의 자매가 있어. 첫째는 스텐노로 '힘이 세다'라는 뜻이야. 둘째는 '멀리 날다'는 뜻을 가진 에우리알레, 그리고 셋째가 바로 '지키는 자'라는 뜻을 가진 가장 유명한 메두사야. 이들은 모두 바다의 괴물로 여겨지지. 영어로 메두사는 '해파리'라는 뜻이기도 해. 메두사가 유명해진 건 페르세우스의 손에 죽었기 때문이야. 가장 유명한 영웅의 이야기에 등장했으니 말이야. 이야기의 힘이 바로 이런 거야.

"좋다. 메두사의 목을 가져온다면 나는 너의 어머니를 더 이상 괴롭히지 않고 피사의 공주 히포다메이아와 결혼하겠다. 어서 메두사를 잡으러 떠나거라!"

갑작스러운 명령에 페르세우스는 당황했지만 자신이 뱉은 말을 주워 담을 수도 없었다.

"네, 명령을 받들어 지금 곧 떠나겠습니다."

페르세우스가 궁을 나가자 폴리덱테스는 회심의 미소를 지었다.

메두사의 목을 가져오겠다는 것은 인간으로서 할 수 없는 약속이었다. 그것은 곧 죽음을 뜻하기 때문이다.

2

페르세우스의 새로운 무기 메두사

메두사를 비롯한 고르곤의 세 자매는 머나먼 서쪽 넓은 바다의 어느 섬에 살고 있었다. 엄밀히 말하면 그들은 세 마리의 괴물이었다. 세 자매 중 스텐노와 에우리알레는 죽지 않는 불사(不死)의 존재이고, 메두사는 불사의 존재가 아니다. 그래서 반드시 두 자매에게 들키지 않고 메두사부터 죽여야 한다.

메두사는 커다란 날개를 가지고 몸은 온통 비늘로 덮여 있을 뿐만 아니라 청동으로 된 손과 멧돼지의 어금니를 가지고 있었다. 더구나 머리카락 한올 한올은 살아 움직이는 독사였다. 메두사는 원래 아름다운 머리칼을 가지고 있었는데, 아테나 여신의 분노를 사서 머리카락이 뱀으로 변했다고 한다. 어쨌든 그 모습이 너무나 흉측하고 끔찍한 데다 시선이 너무 강렬해서 인간들은 메두사의 눈과 직접 마주치는 순간 돌로 변해버린다. 이런 괴물의 목을 감히 자른다는 것은 상상조차 할 수 없는 일이었다.

하지만 페르세우스가 누구인가. 그는 올림포스산을 지배하는 제우스의 아들이다. 제우스는 페르세우스가 허무하게 죽도록 그냥 놔둘 리 없었다. 페르세우스가 폴리덱테스의 간교한 술책으로 운명의 모험을 떠나게 되자 제우스는 몇몇 신들을 불러서 말했다.

"너희가 나의 아들 페르세우스를 도와주어라."

제우스의 명을 받고 나선 이들은 지혜의 여신 아테나와 신들의 전령인 헤르메스였다.

길을 가고 있는 페르세우스 앞에 두 신이 나타났다.

"페르세우스, 내 얘기를 들어라. 맨손으로 메두사의 목을 자를 수는 없다."

"그럼 어찌해야 합니까?"

"내가 가져온 이 칼을 받아라. 쇠와 청동도 무 베듯 자를 수 있는 칼이다."

헤르메스가 칼을 건네주었다.

아테나는 번쩍거리는 방패를 내밀며 말했다.

"이 방패를 가져가거라. 메두사의 얼굴을 직접 보는 순간 너는 돌로 변하고 말 것이다. 그러니 이 방패를 거울 삼아 간접적으로 비춰 보면 돌로 변하지 않을 것이다."

아테나의 방패는 거울처럼 반짝였다.

이어서 아테나가 말했다.

"메두사가 어떻게 생겼는지 미리 알아두면 좋을 것이다."

적이 어떤 모습을 하고 있는지 알아야 싸움에서 이길 가능성이 큰 법이다. 아테나는 순식간에 페르세우스를 사모스섬으로 데려갔다. 거기에는 고르곤의 실물 상이 있었다.

"보아라. 이것이 메두사다. 고르곤의 세 자매 가운데 둘은 불멸이다. 그 두 자매의 목을 치더라도 그들은 다시 살아난다. 그러니 반드시 불멸이 아닌 메두사의 머리를 베어야 한다."

아테나의 이야기를 듣고 페르세우스가 물었다.

"이 방패와 칼만 있으면 메두사의 머리를 자를 수 있습니까?"

"아니다. 그것만으로는 부족하다. 메두사에게 가기 전에 먼저 타르타로스의 세 요정을 찾아가거라. 그들은 각자 날개 달린 샌들과 키비시스라는 배낭, 그리고 머리에 쓰면 보이지 않는 하데스의 투구를 가지고 있다. 그 세 가지를 가져가야 한다."

"어디로 가면 요정들을 찾을 수 있습니까?"

아테나와 헤르메스는 고개를 저었다.

"요정들이 어디 있는지는 우리도 모른다."

"그럼 제가 어찌 찾아갈 수 있단 말입니까?"

"방법이 전혀 없는 것은 아니다. 헤라 여신의 황금 사과를 지키는 요정 헤스페리데스의 땅에 사는 노파들이 타르타로스의 세 요정들이 어디 있는지 알고 있으니 그들을 찾아가거라."

"그 노파들은 누구입니까?"

"세 명의 그라이아이*다. 그들 또한 메두사의 자매이기 때문에 네가 그들을 이겨야 요정들이 있는 곳을 말해줄 것이야."

그리하여 신들은 그라이아이가 어떻게 생겼는지 알려주고 그들을 찾아가는 길도 일러주었다.

"그자들은 하나의 눈과 하나의 이빨을 가지고 있다. 하나의 눈과 이빨을 번갈아 끼워서 사용하고 있으니 금방 알아볼 것이야."

페르세우스는 신들의 조언을 듣고 나서 막연하고 끝없을 것만 같은 여행을 떠났다. 세상의 끝, 머나먼 서쪽에 살고 있다는 그라이아이를 찾아서 페르세우스는 물어물어 길을 갔다.

마침내 어느 깜깜한 동굴에서 페르세우스는 그라이아이를 발견했다. 페르세우스는 일단 숨어서 그들을 관찰했다. 한 그라이아이가 눈을 빼서 자매에게 넘겨주는 것을 보면서 페르세우스는 한 가지 좋은 생각이 떠올랐다.

'그래, 눈을 빼서 건넬 때 중간에서 가로채면 되겠구나.'

마침내 그라이아이 하나가 말했다.

"이제 눈 좀 빼서 줘봐. 나도 세상을 좀 보고 싶어."

눈을 끼고 있던 그라이아이가 머리를 툭 쳐서 눈을 빼내더니 옆에 있는 또 다른 그라이아이에게 건네주었다. 그때 페르세우스가 재빨리 달려들어 그 눈을 가로챘다.

괴물들은 몹시 당황해서 보이지 않는데도 좌우를 훑어보았다.

"무슨 일이야?"

"뭐야?"

"눈이 어디 갔어?"

눈이 없으니 괴물들은 아무것도 볼 수 없었다. 페르세우스는 커다란 눈알을 손에 들고 우렁차게 외쳤다.

"눈을 찾는 것이냐? 너희의 눈은 내 손에 있다."

그 말에 그라이아이들은 크게 당황했다.

"우리 눈을 당장 내놓아라!"

앞이 보이지 않는 그라이아이들은 손을 허우적거리며 달려왔다. 이리저리 기우뚱거리는 그들을 피하면서 페르세우스는 다시 한번 물었다.

"눈을 돌려받고 싶으면 내가 묻는 말에 대답해라."

"네놈이 죽고 싶은 게냐? 빨리 우리 눈을 돌려주지 못할까?"

"나는 타르타로스의 세 요정들을 만나야 한다. 그들이 어디에 있는지 말해주면 너희 눈을 돌려주지."

그 말을 듣는 순간 그라이아이들은 페르세우스가 자신들의 자매인 메두사를 죽이러 왔

여기서 잠깐!!

원래 '노파'라는 뜻이야. 한 번도 젊었던 적이 없는 노파들이지. 세 자매라고도 하고 두 자매라고도 해. 이름은 엔니오, 펨프레도, 데니오야. 밤의 나라에 살고 있는데 이들은 오직 페르세우스의 신화에만 등장해. 일설에 의하면 이들은 신탁을 맡은 여인들이라고도 해. 그라이아이는 여러 가지를 상징해. 그들은 비록 몸은 늙고 망가졌지만 많은 지혜를 가지고 있다는 것을 보여주지. 또는 아무리 노파들이 지혜롭다 해도 젊은이들이 마음만 먹으면 그들의 지혜를 완력으로 빼앗을 수 있다는 의미에서 허무함을 상징하기도 해.

다는 것을 이미 눈치챘다. 그들은 자신들의 하나밖에 없는 눈을 빼앗으려고 있는 힘을 다해봤지만 앞이 보이지 않으니 날쌘 페르세우스를 잡을 수 없었다.

"이보시오, 알았으니 제발 그 눈을 돌려주시오."

어느새 그라이아이들의 말투가 누그러졌다.

페르세우스는 다시 한번 물었다.

"어디로 가야 타르타로스의 세 요정들을 만날 수 있는지 말하라! 안 그러면 이 눈을 바다에 던져버릴 것이다."

그러자 그라이아이들은 동시에 울부짖으며 말했다.

"안 되오. 그러면 우리는 영영 앞을 볼 수 없소. 제발 눈을 돌려주시오. 원하는 것은 무엇이든 들어주겠소. 다만 타르타로스의 세 요정들이 있는 곳은 말해줄 수 없소. 그 대신 이 세상의 부귀와 영화를 모두 드리리다."

하지만 페르세우스가 원하는 것은 요정들이 사는 곳이었다.

"그런 것들은 필요 없다. 요정들이 어디 있는지만 말하라. 아니면 이 눈은 영영 사라질 것이다."

"그러지 마시오! 제발 부탁이오!"

그라이아이들은 애걸복걸했다.

"에잇, 안 되겠다. 이 눈을 발로 짓이겨버려야지."

"제발 멈추시오. 알았소! 요정들이 어디 있는지 알려주겠소."

마침내 그들은 굴복하고 타르타로스의 세 요정들이 있는 곳을 말해주었다.

페르세우스가 소리쳤다.

"좋다. 너희의 눈을 돌려주겠다. 지금 있는 곳에서 열 걸음 앞에 있는 땅바닥에 내려놨으니 찾아가거라."

그라이아이들이 허둥지둥 열 걸음을 걸어올 동안 페르세우스는 재빨리 도망쳤다. 그라이아이들은 눈을 찾아서 끼우느라 페르세우스가 사라지는 것을 보지 못했다.

페르세우스는 타르타로스의 깊은 어둠 속을 헤치며 세 요정을 찾아 갔다. 그의 눈앞에 세 요정이 앉아 있었고, 페르세우스는 그들에게 다가가 정중하게 요청했다.

"저는 제우스 신의 아들 페르세우스입니다. 메두사를 물리치기 위해서는 당신들의 도움이 필요합니다."

그들은 가만히 페르세우스를 바라보았다. 그중 한 요정이 낮은 목소리로 물었다.

"우리가 널 도와줘야 할 이유가 무엇이냐?"

페르세우스는 차분하게 답했다.

"저는 신들의 명을 받들어 메두사를 처치하려고 합니다. 그러기 위해서는 당신들이 지닌 보물들이 필요합니다. 그것이 없다면 메두사를 물리칠 수 없습니다."

요정들은 잠시 침묵하더니 말했다.

"네가 그만한 자격이 있다고 생각하느냐?"

"제가 자격이 없다면 이곳에 오지도 않았을 것입니다. 저의 의지와 신들의 뜻을 믿어주십시오."

페르세우스는 자신이 여기까지 오게 된 사연을 들려주었다.

그의 이야기에 감동받은 세 요정들은 기꺼이 날개 달린 샌들과 하데스의 투구, 그리고 무엇을 넣든지 늘어나는 키비시스라는 배낭을 페르세우스에게 내주었다. 그가 신의 뜻에 따라 움직이는 영웅임을 알기 때문이었다.

그들은 주의해야 할 점도 일러주었다.

"메두사의 머리를 반드시 이 배낭에 넣어야 한다. 모가지에서 떨어져 나왔다 하더라도 메두사의 눈을 보는 순간 사람들이 돌로 변하는 것은 마찬가지니까. 잘만 쓰면 엄청난 무기가 될 수 있다."

"명심하겠습니다."

세 요정들은 페르세우스에게 행운을 빌어주었다.

메두사의 목을 베는 데 도움이 될 세 가지의 귀한 보물을 얻은 페르세우스는 하늘로 날아올랐다. 날개 달린 샌들을 신었으니 원하는 곳 어디든 순식간에 날아갈 수 있었다.

마침내 페르세우스는 고르곤이 사는 섬에 도착했다.

'이제부터 조심해야겠다.'

페르세우스는 하데스의 투구부터 머리에 썼다. 투명 인간으로 변한 그는 공중으로 날아올라 세 마리의 괴물들을 살펴보았다. 섬에는 온통 돌로 변한 사람들의 석상뿐이었다. 오랜 세월 동안 침식되어 형체를 알아볼 수 없는 석상도 많았다.

페르세우스는 아테나의 방패를 거울 삼아 메두사를 살펴보았다. 방패는 메두사의 모습을 선명하게 비춰주었다. 듣던 대로 똑바로 쳐다보

페르세우스

메두사를 물리친 용사야. 메두사
는 머리카락이 뱀으로 이루어진 괴
물로, 누구든 보는 순간 돌이 되고
말지. 메두사의 머리를 잘라낸 데
에는 아테나의 방패와 날개 달린
샌들이 큰 도움이 되었지. 페르세
우스는 용기와 재치를 가지고 불가
능해 보이는 일을 해낸 사람이야.
두려움에 맞서 용기를 가지는 것이
얼마나 중요한지 배울 수 있어.

기에 두려운 흉측한 괴물이었다. 더구나 메두사의 강렬한 눈빛은 방패에 비춰 보는데도 몸이 굳어지는 것 같았다. 페르세우스는 이들이 잠든 틈을 노리기로 했다.

마침내 고르곤들이 잠들자 페르세우스는 방패를 통해 보면서 메두사에게 다가갔다. 메두사는 투명한 페르세우스가 가까이 있는데도 눈치채지 못했다. 코앞까지 다가간 페르세우스는 헤르메스의 칼을 들어서 방패에 비친 메두사의 머리를 단번에 쳤다.

"캬오오!"

메두사는 아무런 저항도 하지 못하고 그대로 머리가 잘리고 말았다. 메두사의 목에서 피가 뿜어져 나오더니 어떤 형체가 되어 하늘로 치솟았다. 그 형체는 둘로 갈라지더니 하나는 날개 달린 말이 되고, 다른 하나는 거인이 되었다. 날개 달린 말은 페가수스★, 거인은 크리사오르★였다. 이것은 포세이돈이 메두사의 몸속에 넣어둔 것들이었는데 목이 잘리는 순간 바깥으로 나온 것이다.

페르세우스는 눈을 감은 채 피가 뚝뚝 떨어지는 메두사의 머리를 재빨리 배낭에 넣고 공중으로 치솟아 올랐다. 머리가 잘린 메두사의 몸은 여전히 살아서 고통스럽게 몸부림치다 바위에서 떨어져 바닷속으로 빠지고 말았다.

나머지 두 자매들은 메두사가 죽었다는 것을 안 순간 하늘로 날아올랐다. 누가 메두사를 죽였는지 찾아내서 갈기갈기 찢어 죽이려 했지만, 투명 인간이 된 페르세우스를 찾을 수 없었다.

"누가 우리 자매를 죽였느냐?"

"가만두지 않겠다!"

고르곤 두 자매는 하늘을 헤집고 다녔지만 아무런 소득 없이 내려올 수밖에 없었다.

페르세우스는 메두사의 머리를 들고 이미 멀리 날아가고 없었다.

이 세상 끝까지 날아가던 페르세우스는 수평선 저 멀리서 손과 머리로 넓은 하늘을 떠받들고 있는 엄청난 거인을 발견했다. 그의 이름은 아틀라스였다. 그는 제우스로부터 영원히 하늘을 떠받들고 있어야 하는 형벌을 받고 있었다. 올림포스 신들이 티탄 신족과 지구를 뒤흔드는 전쟁을 벌일 때 티탄 신족의 편을 들었기 때문이다.

페르세우스는 땅으로 내려가 엄청난 힘을 가진 아틀라스에게 물었다.

"그대가 말로만 듣던 아틀라스요?"

"너는 누구냐?"

"나는 페르세우스라고 하오."

아틀라스는 페르세우스를 반가워하지 않았다. 오래전에 헤라클레스가 찾아와 자신을 속인 기억이 떠올랐기 때문이다.

"너는 또 무슨 일로 나를 찾아왔느냐? 너도

여기서
잠깐!!

날개 달린 말 페가수스는 《그리스 로마 신화》에 자주 등장하는 괴물이야. 이 페가수스가 영웅 벨레로폰과 만나는 이야기는 여러 가지 설이 있는데 그중 하나가 아테나 여신이 직접 끌어다 주었다는 것이야. 페가수스가 땅이나 산에 발길질을 하면 크게 패어 샘이 생긴다는 설로 인해 물과 연관된 이야기가 많아. 이는 아마 말들이 물을 먹어야 달릴 수 있기 때문인 것 같아.

● ● ●

크리사오르는 '황금 칼을 지닌 남자'라는 뜻이야. 칼을 가진 자들은 숙명적으로 칼을 휘두를 수밖에 없어. 나중에 그는 오케아노스의 딸 칼리로에와 관계해서 머리와 몸통이 셋인 거인 게리오네우스와 상체는 여자이고 하체는 뱀인 에키드나를 낳게 돼. 이들은 헤라클레스와 맞서게 되지.

황금 사과를 훔치러 왔느냐?"★

"아니오. 나는 제우스 신의 아들 페르세우스요."

아틀라스는 페르세우스를 헤라클레스와 같은 도둑이라고 생각했다.

"네놈도 우리의 보물을 훔치러 왔구나. 내 앞에서 당장 사라지거라."

페르세우스는 다짜고짜 자신에게 적의부터 띠는 아틀라스와 친구가 되기는 힘들겠다고 생각했다.

"나는 뭔가를 훔치려고 온 것이 아니오. 고르곤의 메두사를 죽이러 왔다가 이곳을 지나가는 길이오. 이 배낭 속에 메두사의 머리가 들어 있소."

"거짓말하지 마라. 똑바로 쳐다볼 수도 없는 메두사를 네가 어떻게 죽인단 말이냐? 신들도 두려워하는 그 괴물을 인간이 죽일 수는 없다."

"사실이오."

"그렇다면 어디 한번 보여줘봐라."

"이것을 보는 순간 당신은 후회할 거요."

"네놈이 보여주지도 못하는 것을 가지고 나를 놀리는 것이냐?"

페르세우스는 어쩔 수 없다는 생각이 들었다. 불신에 가득 찬 거인에게 메두사의 머리를 보여줄 수밖에 없었다. 페르세우스는 고개를 돌리고 배낭을 열어 메두사의 축 처진 뱀 머리카락을 움켜쥐고 들어 올렸다.

그 순간이었다.

"우워어!"

지진이라도 난 것처럼 땅이 울리더니 아틀라스는 순식간에 돌로 변해 바위산이 되었다. 수북하던 머리카락과 수염은 나무가 되었고 머리는 가장 높은 봉우리가 되었다.

페르세우스는 메두사의 머리를 배낭에 집어넣고 고개를 돌려 아틀라스를 바라본 순간 깜짝 놀랐다. 과연 듣던 대로 죽은 메두사의 머리가 거인을 돌로 만들어버린 것이다. 게다가 아틀라스는 영원히 죽지 않는 존재인데 말이다.★

'메두사의 머리는 정말 무시무시한 마력을 가지고 있구나.'

페르세우스는 메두사의 머리가 든 배낭을 소중히 들고 다시 길을 떠났다.

여기서 잠깐!!

헤라클레스는 황금 사과를 구하러 왔다가 아틀라스를 만났어. 아틀라스가 사과를 따다 줄 테니 잠깐 하늘을 떠받들고 있으라고 했어. 헤라클레스가 하늘을 넘겨받자 아틀라스는 도망치려고 했지. 그런데 헤라클레스는 자세를 바로잡아야 하니 잠깐만 다시 메고 있으라고 했어. 그 말을 믿은 아틀라스는 다시 하늘을 넘겨받았고, 헤라클레스는 그대로 달아나 버렸지.

● ● ●

이것은 그야말로 신화의 독자성이 드러나는 부분이야. 헤라클레스의 조상 격인 페르세우스가 아틀라스를 돌로 만들다니 어찌 된 일일까? 신화는 입에서 입으로 전달되다 보니 부분 부분이 더 재미있게 강조되었지. 재미를 추구하는 청중의 요구를 받아들여 이런 모순이 생기게 된 거야.

3

안드로메다와 결혼

　페르세우스는 날개 달린 신발을 신고 하늘을 계속 날아갔다. 그리하여 마침내 아프리카의 에티오피아 해안가에 다다랐다. 아름다운 절경을 이루는 검은 기암절벽 쪽으로 내려가는데 바위에 하얀 점 하나가 보였다.

　지대가 높은 곳에는 으레 대리석에 아름다운 여신들의 석상이 새겨져 있으니, 페르세우스는 그중 하나라고 생각했다. 그런데 가까이 다가가서 살펴보니 그것은 실제 살아 있는 여인이었다. 여인이 바윗돌에 쇠사슬로 묶인 채 흐느끼고 있었다.

　'어떤 사연으로 저렇게 된 것일까?'

페르세우스는 가볍게 땅에 내려 여인에게 자초지종을 물어보았다.

"아름다운 여인이여! 두려워하지 마시오. 나는 당신을 해코지하려는 것이 아니오. 그대는 어찌하여 외딴 바위에 묶여 있는 것이오?"

여인은 물에 빠진 사람이 지푸라기라도 잡는 심정으로 애원했다.

"저를 도와주세요. 제발 저를 살려주세요."

"무슨 사연이 있는 것이오? 어찌 된 영문인지 알아야 도울 것이 아니겠소."

"저의 이름은 안드로메다입니다."

안드로메다는 흐느끼며 이야기했다.

"저는 이곳 케페우스 왕의 딸입니다."

"신분도 고귀한 여인이 왜 이곳에 묶여 있소?"

"다른 사람의 죄를 대신 뒤집어쓰고 억울하게 잡혀 있는 것입니다."

"누가 그렇게 억울한 일을 겪게 했소?"

"믿지 못하실 겁니다."

"어서 말해보시오. 내가 도울 수도 있지 않소?"

안드로메다는 한숨을 쉬고 나서 페르세우스를 바라보았다.

"저의 어머니입니다. 이 나라의 카시오페이아 왕비이지요."

페르세우스는 깜짝 놀랐다.

"딸 대신에 어머니가 희생한다는 말은 들어봤지만 딸이 어머니의 죄를 대신한다는 말은 처음 듣소."

"하지만 어쩌겠습니까? 이건 저의 운명이라고 합니다."

페르세우스는 사슬에 묶인 그녀를 바라보며 천천히 말했다.

"아무리 기구한 운명이라 해도 바꿀 방법은 있을 것이오. 왜 여기에 묶여 있는지 말해보시오."

그녀는 잠시 망설이다가 말을 이었다.

"제 이야기를 들으면 더 믿지 못하실 겁니다."

페르세우스는 고개를 저으며 부드럽게 말했다.

"괜찮소. 나는 메두사의 머리를 베어낸 사람이오. 어떤 사연이든 말해보시오."

안드로메다는 깜짝 놀라 그를 바라보았다.

"메두사를 쓰러뜨리셨다고요?"

페르세우스는 고개를 끄덕이며 말했다.

"그렇소. 그러니 두려워하지 마시오. 당신을 구할 방법을 내가 반드시 찾아주겠소."

안드로메다는 비로소 살아날 수 있다는 희망을 가졌다.

아름다운 여인 카시오페이아는 모든 사람들이 최고의 미녀라고 칭송하자 교만함이 하늘을 찔렀다. 급기야 그녀는 이렇게 말하곤 했다.

"내 아름다움은 바다의 신 네레우스의 딸들인 바다의 요정 네레이스보다 훨씬 뛰어나지."

그러자 옆에 있던 신하들이 말했다.

"신과 비교하시는 것은 곤란합니다, 왕비님. 자중하소서."

"무슨 소리냐? 신이라는 게 원래 형체가 없는 것이지 않으냐. 나를 보거라. 나의 아름다움은 직접 보고 만질 수 있다."

카시오페이아의 자만심이 하늘을 찌른다는 소문은 나라 전체에 퍼졌고, 마침내 네레이스들의 귀에까지 들어가고 말았다. 그들은 아버지 네레우스에게 말하지 않고 바다의 지배자 포세이돈을 찾아갔다.

"신이시여, 인간인 카시오페이아가 감히 우리와 아름다움을 비교하며 오만방자하게 굴고 있습니다. 이대로 놔두면 점차 인간들이 신에게 도전할 것입니다."

그것은 포세이돈도 원하지 않는 바였다.

"걱정하지 말라. 내 저자들을 응징할 테니."

포세이돈이 열흘이 넘도록 비를 내리자 모든 하천들이 범람하고 들판은 물에 잠겼다. 홍수로 인해 온 나라의 백성들이 고통받고 있는데, 물이 빠지자 이번에는 무시무시한 바다괴물이 나타나 닥치는 대로 사람들과 동물들을 잡아먹었다.

"어찌하여 우리에게 이런 불행이 닥친 것인가?"

"왕이시여! 우리를 구원해주십시오."

백성들이 왕에게 몰려와 탄원했다. 그러자 왕은 신전에 가서 신탁을 청했다. 사제는 준엄하게 신의 목소리를 대신 전했다.

"포세이돈 신의 분노를 샀기 때문이다. 재앙을 풀기 위해서는 왕의 딸을 제물로 바쳐야 한다."

끔찍한 신탁을 받고, 왕이 물었다.

"아내의 오만함 때문에 이런 재앙이 내려졌는데, 어찌 아내를 벌하지 않고 딸을 희생한단 말이오?"

"네 아내가 가장 고통스러워할 일을 벌로 내리는 것이다."

어미에게 가장 고통스러운 일은 딸의 죽음이다. 자신보다 더 사랑하는 딸이 자신의 죄로 인해 죽는 것보다 더한 고통은 없다.

사연을 들은 페르세우스는 고개를 끄덕이며 측은한 얼굴로 안드로메다를 보았다.

"처음에는 어머니 아버지께서 저를 괴물에게 넘겨주지 않았어요. 하지만 백성들이 계속 고통받고 있는 상황에서 어쩔 수 없었어요. 결국 아버지가 어머니에게 강력하게 말씀하셨지요. 딸을 제물로 바쳐야만 백성들이 고통에서 벗어날 수 있다고요. 그렇게 해서 저는 제물로 바쳐져 바다괴물에게 잡아먹히기를 기다리고 있습니다."

이야기를 듣는 동안 페르세우스는 이미 안드로메다에게 깊이 빠져들었다. 아름다운 안드로메다가 바다괴물에게 잡아먹히는 것을 가만히 두고 볼 수는 없었다. 그는 안드로메다를 구해 그녀와 결혼하고 싶었다. 페르세우스가 잠시 머뭇거리고 있을 때 안드로메다가 먼저 말했다.

"당신은 비범해 보이시는데, 저를 구해주세요. 그럼 저는 당신의 노예가 되어도 좋아요. 저를 데리고 가기 싫으시다면, 평생 당신만을 생각하며 감사의 기도를 올리겠어요. 아아, 하지만……."

안드로메다는 더 이상 말을 잇지 못했다. 자신이 살아난다면 바다괴물이 백성들에게 분풀이할 것이 뻔했기 때문이다.

"알겠소. 당신이 살아 있는 한 바다괴물이 백성들을 괴롭힐까 봐 걱정하는 것 아니오?"

"그렇습니다. 그게 가장 두려운 일입니다."

"아름다운 아가씨, 나의 정체를 밝히겠소. 나는 제우스 신의 아들 페르세우스요. 바다괴물을 당장 죽이고 당신을 자유롭게 풀어주겠소. 그리고 당신을 나의 아내로 맞아들이고 싶소."

"그렇게만 해주신다면 영광입니다. 저를 살려주시는 것만으로도 감사한데 당신 같은 영웅의 아내가 된다면 무엇을 더 바라겠어요?"

그때 저만치에서 마차를 타고 다가오는 사람들이 보였다.

"저의 아버지와 어머니입니다. 오늘도 제가 어떻게 되었는지 살펴보러 오시는 겁니다. 벌써 며칠째 매일 저를 보러 오고 있어요."

케페우스 왕과 카시오페이아 왕비는 마차에서 내려 페르세우스를 가리키며 물었다.

"처음 보는 이 청년은 누구인가?"

"아버지, 이분이 저를 구해주시겠다고 하셨어요."

부모로서 듣던 중 반가운 소리였다.

"젊은이, 우리 딸만 구해준다면 무엇이든 해주겠소. 원하는 것을 말해보시오. 우리 왕국을 줄 수도 있소."

페르세우스는 겸손하게 고개를 저었다.

"아닙니다. 저는 이 왕국을 바라는 것이 아닙니다. 다만 따님을 저에게 주십시오."

"그것은 이를 바가 없는 말이오. 오히려 우리가 부탁할 일이오. 바다괴물만 물리쳐준다면 안드로메다와 결혼하도록 허락하겠소."★

얘기가 끝나자마자 기다렸다는 듯이 바다에서는 거품이 끓어오르고 하늘에서는 먹구름이 피어났다. 바다괴물이 드디어 수면 위로 모습을 드러냈다. 어마어마하게 큰 바다괴물이 무서운 속도로 물살을 헤치며 다가왔다.

"살려주세요!"

안드로메다가 찢어질 듯한 비명을 질러댔다. 차마 두 눈으로 볼 수 없었던 케페우스와 카시오페이아는 눈을 질끈 감고 서로를 꼭 끌어안았다. 자신들도 죽임을 당할까 봐 두려웠다. 안드로메다는 이미 실신하기 직전이었다. 하지만 페르세우스는 하늘로 날아오르며 하데스의 투구를 머리에 눌러썼다. 그 순간 그는 더 이상 모습이 보이지 않았다.

왕과 왕비를 모시고 온 사람들이 깜짝 놀라서 웅성거렸다.

"이게 어떻게 된 일이야? 그 젊은이야말로 신이었나 봐."

"아니야. 우리를 속이는 마귀일지도 몰라."

페르세우스는 바다를 가르며 다가오는 바다괴물에게 다가가 다이아몬드 칼로 목을 찔렀다. 그러나 괴물의 가죽은 너무나 두껍고 비늘은 강철 같았다. 단지 상처만 냈을 뿐 한 번에 죽일 수가 없었다.

"캬오오!"

괴물이 선불 맞은 멧돼지처럼 길길이 날뛰자 온통 파도가 일고 바닷물은 시뻘겋게 물들었다. 페르세우스는 다시 한번 결정타를 날리려 했지만 바다괴물이 난동을 치는 바람에 가까이 다가갈 수 없었다.

"캬오오!"

바다괴물은 비명을 지르며 자신을 공격한 존재를 찾았지만 눈에 보일 리가 없었다. 하지만 눈에 보이지는 않아도 실체가 있으니 거품 위로 그림자가 비치는 것이 아닌가. 빠르게 날아가는 페르세우스의 그림자를 보고 바다괴물은 입을 벌린 채 더 빠른 속도로 달려왔다. 그러나 이것은 페르세우스가 노리던 것이었다.

"바로 지금이다. 제 발로 걸어 들어온 셈이렸다."

바다괴물이 코앞까지 다가왔을 때 페르세우스는 허공으로 치솟아 오르더니 괴물의 정수리 한가운데를 칼로 깊이 찔러 넣었다.

"캬오오!"

바다괴물은 비명을 지르며 온몸을 비틀다 축 처지더니 물 위에 둥둥 떠올랐다. 페르세우스는 거대한 배만큼이나 큰 바다괴물 위에 내려앉아 투구를 벗었다. 갑자기 사라졌던 영웅이 죽은 괴물의 등에 올라서서 나타나자 사람들 모두 기쁨의 환호성을 질렀다.

"페르세우스, 만세!"

바다괴물이 확실히 죽은 것을 확인하고 페르세우스는 안드로메다의 몸에 묶인 쇠사슬을 끊어주었다. 안드로메다는 바다괴물이 나타났을 때 이미 기절해 있었다. 페르세우스는 축 늘어져 있는 안드로메다를 번쩍 안아 왕과 왕비가 있는 잔디밭에 눕혔다. 잠시 후 정신을

여기서 잠깐!!

페르세우스는 안드로메다와 사이에서 아들 일곱과 딸 둘 혹은 아들 다섯에 딸 하나를 낳았다는 설도 있어. 그 후손들을 페르세이데스라고 불렀지. 아들인 엘렉트리온이 미케네의 왕위를 물려받았고 아가멤논으로 혈통이 이어졌어. 헤라클레스도 페르세우스의 일곱 번째 아들인 알카이오스의 후손이야. 고대 페르시아제국이 페르세우스의 후손들이 만든 나라라는 설이 있어.

차린 안드로메다는 왕과 왕비를 끌어안고 눈물을 흘리며 입을 맞췄다.

왕이 페르세우스에게 말했다.

"젊은이, 우리와 함께 갑시다. 이제 그대는 나의 사위요."

다음 날 거대하고 성대한 결혼식이 거행되었다. 나라의 모든 영주와 귀족들, 신하들이 한자리에 모였다. 음유시인이 수금을 뜯으며 아름다운 노래를 불렀다.

천하의 영웅 페르세우스,
그대의 배필은 아름다운 안드로메다
신들도 허락하신
아름다운 만남이로다.
자, 다 같이 잔을 들어라.
노래하여라.
덩실덩실 춤을 추어라.

결혼식 피로연이 한껏 무르익을 때였다. 땅이 울리는 소리와 함께 궁전 문이 벌컥 열렸다. 왕의 동생인 피네우스가 무장한 채 궁 안으로 저벅저벅 들어왔다. 그는 왕에게 당당히 걸어가더니 따져 물었다.

"형님, 약속이 틀리지 않습니까?"

페르세우스는 무슨 영문인지 몰라 어리둥절했다.

피네우스가 말을 이었다.

"형님께서 안드로메다를 제 아내로 주겠다고 약속하지 않았습니까? 그런데 어떻게 듣도 보도 못한 낯선 자에게 안드로메다를 주는 것입니까?"

피네우스는 조카인 안드로메다를 차지하기 위해 일전을 불사하겠다는 듯이 갑옷을 입고 나타났다. 하지만 페르세우스는 자신의 여자를 눈앞에서 뺏길 영웅이 아니었다. 그는 피네우스 앞으로 당당히 나섰다.

"나는 정식으로 왕의 허락을 받고 결혼식을 올린 안드로메다의 남편이오. 그리고 당신은 결혼을 약속한 사람이 안드로메다를 해치려는 바다괴물을 무찌르지 않고 무엇을 하고 있었소?"

그러자 피네우스가 화를 벌컥 냈다.

"네가 무슨 일을 했는지는 중요하지 않아. 안드로메다를 주기로 나하고 이미 약속했단 말이다."

이때 원로대신들이 조심스럽게 나섰다.

"왕제님, 안드로메다 공주님께서 살아 계시는 것은 바로 저 페르세우스라는 영웅 덕분입니다. 왕제님께서 약속을 내세우며 권리를 주장하고 계시지만, 사나이라면 뒤늦게 나타나서 공주님을 내놓으라고 하실 수는 없습니다. 제물로 바쳐졌을 때 무언가를 하셨어야죠. 그동안 멀리 달아나 이 나라 쪽으로는 쳐다보지도 않으셨잖습니까?"

"맞습니다. 약속을 어긴 것은 오히려 왕제님이십니다. 이제 와서 갑자기 나타나 무도하게 난동을 부리시면 되겠습니까?"

여러 대신들이 조리 있게 말하자 피네우스는 당황하며 비겁한 변명을 늘어놓았다.

"내가 급한 일이 있어서 멀리 다녀오는 사이에 이런 일이 벌어진 것이 아닌가?"

시끌벅적하던 결혼식이 일순간 혼란에 빠지자 원로대신이 말했다.

"복잡하게 왈가왈부할 것 없습니다. 당사자인 안드로메다 공주님께 여쭤보면 될 일입니다. 누구와 결혼할 것인지 말이에요."

그러자 페르세우스도 말했다.

"좋소. 나는 안드로메다 공주가 원하는 대로 하겠소."

피네우스는 오랫동안 알고 지낸 안드로메다가 처음 본 남자를 선택할 리 없다고 자신만만했다.

부모인 케페우스와 카시오페이아가 물었다.

"그래, 안드로메다, 너의 뜻이 무엇이냐?"

안드로메다는 결연한 표정으로 말했다.

"아버지, 어머니 그리고 대신 여러분, 저는 제물로 바쳐졌을 때 이미 죽었습니다. 제가 다시 태어나게 된 것은 바로 여기 계시는 페르세우스 님 덕분입니다. 저는 이분의 아내가 되겠습니다."

그러자 피네우스는 칼을 뽑아 페르세우스에게 휘두르며 소리쳤다.

"흥! 네놈 맘대로 되지는 않을 것이다. 덤벼라!"

하지만 페르세우스는 비겁한 자가 어떤 짓을 할지 이미 알고 있었다. 그가 날카로운 칼을 피하자 마침 그 곁에 서 있던 음유시인이 대신 칼에 찔려 죽고 말았다.

"아악!"

음유시인이 퉁겨낸 마지막 선율은 세상에서 가장 슬프고 아름다운 수금 소리였다. 수금은 두 동강이 나면서 주인과 함께 목숨을 다하고 말았다.

페르세우스는 곧장 칼을 빼 들고 피네우스에게 맞섰다. 젊은이들은 비겁한 피네우스를 외면하고 페르세우스 쪽에 가담했다.

어느새 피네우스가 데리고 온 군사들이 젊은이들과 대치하는 상황이 벌어졌다. 연회장은 순식간에 전투장이 되어 칼과 창들이 날아다녔다. 용맹한 페르세우스가 승기를 잡는 것 같았지만 피네우스도 만만치 않았다. 그는 이렇게 된 김에 형과 형수까지 죽이고 이 나라를 차지할 속셈이었다. 치열한 전투가 이어졌다. 시간이 지나자 피네우스가 수적으로 우세했다. 몇 명 안 되는 페르세우스 쪽 사람들이 하나둘씩 쓰러졌다.

이때 도움을 준 것은 신들이었다. 아테나 여신이 나타나 방패로 페르세우스를 막아주었다. 창과 화살이 집중적으로 날아왔지만 그 어느 것도 페르세우스를 찌르지 못했다. 혼자 남은 페르세우스는 기둥을 등지고 적들과 맞서 싸웠다. 끝이 없을 것 같은 싸움을 끝내기 위해 페르세우스는 한 가지 묘책을 생각해냈다.

"잠깐! 잠시 멈추시오! 할 말이 있소."

그러자 피네우스가 비아냥거리며 말했다.

"죽을 때가 되니 항복할 모양이구나. 죽은 놈 소원도 들어준다는데 어디 한번 말해봐라."

페르세우스는 높은 자리에 올라서서 말했다.

"이 자리에는 나를 돕지는 못하지만 나를 진정으로 응원하는 자들이 있을 것이오. 나를 응원하거나 안드로메다와 내가 결혼하는 것이 옳다고 생각하는 사람들은 모두 눈을 감거나 고개를 숙이시오."

페르세우스의 목소리에는 위엄이 서려 있었다. 많은 사람들이 그의 말을 따라 눈을 감거나 고개를 숙였다.

"자, 그럼!"

그 순간 페르세우스는 배낭을 열고 숨겨두었던 메두사의 머리를 꺼내 높이 쳐들었다. 무슨 무기를 꺼내나 싶어 바짝 긴장하며 페르세우스를 노려보던 피네우스의 추종자들은 그 순간 번쩍하며 돌로 변해버렸다.

쩔그렁!

돌이 된 사람들이 들고 있던 무기들이 땅바닥에 요란하게 떨어졌다. 돌로 변한 사람들의 형태는 참으로 다양했다. 창을 던지거나 칼을 휘두르던 모습 그대로 석상이 되어버린 것이다. 살아 있는 사람은 페르세우스를 지지하거나 응원하는 사람들뿐이었다.

이때 피네우스는 누가 눈을 감고 고개를 숙였는지 보려고 두리번거리느라 메두사의 머리를 미처 보지 못해 돌이 되지 않았다. 살아남은 피네우스는 눈을 감은 채 꿇어 엎드려 말했다.

"아, 신이시여! 저를 용서하소서. 살려주시옵소서."

그는 앞이 보이지 않는 사람처럼 페르세우스의 무릎을 붙들고 눈물을 흘리며 애원했다.

"자, 눈을 뜨고 이것을 보아라."

"안 됩니다. 싫습니다!"

메두사의 머리가 차갑게 코앞에 다가오자 피네우스는 피하려고 발버둥쳤다. 하지만 메두사의 머리카락인 죽은 뱀의 차가운 대가리가 얼굴에 닿자 자기도 모르게 눈을 번쩍 떴다.

"아악!"

그 순간 피네우스도 돌로 변해버렸다. 무릎을 꿇고 애원하는 가장 비굴한 자세로 말이다. 마침내 페르세우스는 자신의 반대편들을 제거하고 안드로메다와 결혼했다.

하지만 페르세우스에게는 여전히 주어진 사명이 남아 있었다. 그는 그리스로 돌아가야 했다. 오래 지나지 않아 페르세우스와 안드로메다는 왕과 왕비에게 작별 인사를 하고 길을 떠났다. 세리포스섬에 도착하자 페르세우스는 아내에게 말했다.

"이곳에서 만나야 할 사람이 있소."

"누군가요?"

"어부 딕티스요. 나를 살려준 분이지. 나의 아버지나 마찬가지요."

페르세우스는 딕티스의 오두막을 찾아갔다.

딕티스는 페르세우스를 보자마자 소리쳤다.

"오, 신이시여. 네가 살아 돌아왔구나."

"제가 메두사의 머리를 가지고 돌아왔다면 믿으실 수 있겠어요? 그건 그렇고 어머니는 어떻게 지내고 계십니까?"

"불행한 소식이다. 너의 어머니는 폴리덱테스의 감옥에 갇혀 있단다."

"왕이 저한테 했던 약속을 저버렸단 말입니까?"

"사악한 왕이 너의 어머니를 잡아 가두었다."

페르세우스는 서둘러 궁으로 향했다. 그가 궁 앞에 다다랐을 때 폴리덱테스는 테라스에 앉아 신하들과 함께 술을 마시며 즐거운 시간을 보내고 있었다.

페르세우스는 그들 앞에 당당히 나섰다.

"왕이시여, 제가 돌아왔습니다."

그를 보는 순간 모두 깜짝 놀랐다. 특히 폴리덱테스는 그가 살아 돌아오리라고는 생각지도 못했다.

"네가 어떻게 살아 돌아왔단 말이냐? 나는 분명히 메두사의 목을 가져오라고 했거늘. 아예 가지도 않은 것이로구나. 그러고서는 뻔뻔하게 내 앞에 나타난 것이냐?"

"여기 가져왔습니다."

페르세우스가 배낭을 들어 보이자 모두 비웃는 표정을 지었다.

"그 배낭 속에 메두사의 머리가 들어 있다고? 하하하."

다 함께 그를 조롱했다.

"비겁한 녀석이 거짓말까지 하는군. 어디서 돌멩이 하나를 가지고 온 모양이야."

"못 믿겠다면 확인해보시지요."

페르세우스가 배낭 속으로 손을 쑥 넣자, 모두의 눈이 그리로 쏠렸다.

"자, 메두사의 머리를 꺼내겠소. 이제 내 말을 믿게 될 것이오."

페르세우스는 고개를 돌리고 메두사의 머리를 들어 올렸다. 그 순간 메두사를 본 사람들은 모두 돌로 변해버렸다. 조롱하며 비웃는 모습 그대로.

페르세우스는 돌덩이가 된 인간들을 버려두고 감옥으로 달려가 어머니를 풀어주었다.

"어머니, 제가 돌아왔어요."

그러고는 다시 딕티스를 찾아가 세리포스의 왕이 되어달라고 부탁했다.

"이 나라의 왕이 되실 분은 당신뿐입니다."

딕티스는 기꺼이 세리포스의 왕이 되기로 했다. 페르세우스는 새로운 왕의 화려한 대관식을 지켜본 뒤 어머니 다나에와 안드로메다를 데리고 아르고스로 돌아갔다.

페르세우스가 아르고스로 돌아오자 사람들은 혼란에 빠졌다. 신탁이 실현될까 봐 두려웠던 것이다. 할아버지인 아크리시오스는 손자에게 죽임을 당할까 봐 왕위까지 내던지고 테살리아의 라리사로 몰래 달아났다.

"이제 이 나라에서 왕이 될 사람은 페르세우스 당신뿐입니다."

백성들이 모두 한목소리로 외쳤다. 페르세우스는 자연스럽게 여론에 따라 아르고스의 왕이 되었다.

이때 이웃 나라인 라리사의 왕 테우타미도스가 사망했다. 장례식을 마치고 관습대로 선왕을 기리는 경기가 열렸다. 이 경기에 조문객인 페르세우스도 참관했다.

사람들은 페르세우스에게도 경기에 참여하라고 권유했다.

"대왕께서도 훌륭한 선수이지 않습니까?"

페르세우스는 가볍게 원반던지기나 해볼까 생각했다.

"좋다. 원반던지기에 참가하겠다."

신하들이 청동으로 만든 원반을 가져왔다. 페르세우스는 몸을 가볍게 풀고 경기장 한가운데로 나섰다. 그는 원반을 들고 몇 바퀴 돌더니 원심력을 이용해 힘껏 날렸다. 원반은 무서운 속도로 날아가더니 경기장 담장 밖으로 넘어가 버렸다.

"와아!"

관중들은 모두 함성을 질렀다. 유성처럼 날아간 원반은 어디로 갔는지 보이지도 않을 정도였다. 사람들은 페르세우스가 진정 신의 아들이며 영웅이라고 칭송했다.

사실 그 원반은 신의 뜻에 의해 날아간 것이었다. 원반은 손자를 피해 라리사에 와 있던 아크리시오스의 머리에 떨어지고 말았다.

"으윽!"

난데없이 원반을 맞은 그는 그대로 쓰러져 세상을 떠났다. 신의 예언대로 그는 손자에 의해 죽음을 맞이한 것이다.

뒤늦게 이 소식을 들은 페르세우스는 너무나 슬프고 괴로웠다. 손자가 할아버지를 죽이는 것이 아무리 신의 뜻이고 운명이라지만, 페르세우스는 모든 것이 부질없고 덧없게 느껴졌다.

"아, 허무하고 허무하다."

그는 안드로메다에게 자신의 이런 심정을 하소연했다.

"하지만 할아버지께서는 사고로 돌아가신 게 아닙니까?"

안드로메다가 위로했지만 소용없었다.

"아니오. 신의 뜻을 거역할 수 없는 인간의 삶이 이렇게 허무한 것이오. 어쨌든 내가 할아버지를 죽인 것은 사실이니까. 왕의 자리에 앉고 싶은 마음이 전혀 없구려."

이때 이웃 나라 티린스에서는 프로이토스의 아들 메가펜테스가 새로 왕위를 이어받았다. 아크리시오스와 프로이토스는 앙숙 관계였지만 후손들까지 싸울 필요는 없었다. 새로운 두 왕은 오랜 숙적 관계를 정리하고자 했다.

"우리는 더 이상 싸우지 맙시다."

"그렇소. 백성들만 고통스러울 뿐이오."

페르세우스는 메가펜테스에게 아르고스의 왕위를 내주고 싶었다.

그러자 메가펜테스가 제안했다.

"그러면 1년씩 다스리기로 했던 약속을 살리는 의미에서 그대가 티린스를 다스리시오. 내가 아르고스를 다스리겠소."

권력에 큰 욕심이 없었던 페르세우스는 티린스에서 멀지 않은 곳에 좋은 땅을 발견하고 그곳에 성을 쌓고 수도를 옮겼다. 이것이 바로 화려하고 부유한 도시국가 미케네이다.*

이제 남은 건 메두사의 머리인데 페르세우스는 그것을 아테나에게 바쳤다. 아테나는 메두사의 머리를 자신의 방패인 아이기스에 붙였다. 이로써 아이기스는 메두사의 힘을 그대로 갖게 되었고 적들을 두려움에 떨게 하는 강력한 무기로 사용되었다.

미케네에서 페르세우스와 안드로메다는 오랫동안 함께 살면서 자녀를 일곱이나 낳았다. 첫째 아들 페르세스는 케페우스에 이어서 에티오피아의 왕이 되었다가 훗날 페르시아 왕가의 시조가 되었다. 둘째 아들 엘렉트리온은 페르세우스의 뒤를 이어 미케네의 왕이 되었고, 엘렉트리온의 딸인 알크메네는 그리스 신화의 영웅 중 가장 뛰어난 헤라클레스를 낳았다.

페르세우스와 안드로메다는 미케네를 평화롭게 다스렸다. 그들은 죽었을 때 특별대우로 하데스가 있는 타르타로스로 가지 않고 바로 하늘나라로 올라가 나란히 밤하늘의 별자리★가 되었다. 약간 떨어진 곳에 케페우스자리와 카시오페이아자리가 있다. 안드로메다는 페르세우스와 결혼해서 멀리 떠난 뒤로 부모를 만나지 못했다. 이를 안타깝게 여긴 제우스가 영원히 함께할 수 있도록 부모인 케페우스와 카시오페이아 별자리를 가까이 만들어준 것이다.

여기서 잠깐!!

페르세우스는 미케네를 건설할 때 외눈박이 거인족 키클롭스의 도움을 많이 받았다고 해. 거대한 돌을 들어 올릴 수 있는 것은 그들뿐이었으니까. 지금도 남아 있는 키클롭스의 성벽을 그들이 쌓았다는 설이 있어. 물론 오늘날의 기준으로 보면 과거 그리스인들이 엄청나게 뛰어난 건축기술을 갖고 있었던 거지.

●●●

별자리는 크고 밝은 별들을 이어서 그 모양으로 이름을 지은 거지. 그 출발은 약 5000년 전 메소포타미아 지방에 살던 양치기들이었다고 해. 밤하늘의 별을 보며 각종 동물을 상상해낸 거지. 점토판에 새겨진 별자리가 나중에 상인들에 의해 그리스로 전해져서 신화에도 등장하는 거야. 하지만 이런 별자리는 서양의 전유물이 아니야. 중국이나 우리나라에도 다양한 별자리가 있어. 별자리를 보고 미래를 예측하는 이야기는 너무도 익숙하지.

4

테세우스의 모험

아테네의 왕은 판디온의 아들인 아이게우스였다. 그는 다른 왕들과 마찬가지로 자신의 뒤를 이을 아들을 낳는 것이 소원이었다. 하지만 강렬하게 열망할수록 신들이 훼방을 놓는 법이다. 그는 결혼하고 몇 해가 지나도록 아이를 갖지 못했다.

"안 되겠다. 새로운 왕비를 들여라."

새로 왕비를 들였지만 역시 아이가 생기지 않았다. 아직 왕위를 이을 후계자가 없다는 것은 불안한 일이었다.

급기야 그는 신탁을 받아보기로 결심하고 델포이의 아폴론 신전으로 갔다. 여사제는 신의 목소리를 전달했다.

"아테네로 돌아가기 전까지 술 주머니를 절대 열지 말라."

그는 오가는 길에 마시려고 새로운 술을 자루에 담아 온 참이었다. 하지만 수수께끼 같은 신탁의 의미를 알 수가 없었다.

'그럼 내가 가지고 온 술을 마시지 말라는 것인가?'

아이게우스는 신탁의 의미를 정확하게 알지 못한 채 델포이를 떠났다. 그는 아테네로 돌아가는 길에 코린토스에 들러 메데이아에게 물어보기로 했다. 메데이아는 당시 최고로 유명한 여자 마법사였다.

메데이아는 이아손이 황금 양털을 가지러 멀리 콜키스 왕국으로 갔을 때 데려온 여인이었다. 그녀는 코린토스 성 밖에 작은 오두막을 마련해 초라하게 살고 있었다. 아이게우스는 그녀를 찾아가서 인사를 건넸다.

"나는 지금 델포이에서 오는 길이다. 이해할 수 없는 신탁을 받고 당신에게 물어보려고 왔다."

하지만 천하의 메데이아도 신탁의 내용을 해석할 수 없었다.

"왕이시여, 저의 능력은 거기까지 미치지 못합니다. 다만 확실한 것은 아들을 낳기 힘들다는 것입니다."

그 말을 듣고 아이게우스는 당황했다.

"도무지 방법이 없겠는가?"

아들을 낳고 싶은 욕망에 아이게우스는 무엇이라도 할 듯이 메데이아에게 간청했다. 그러자 메데이아는 호언장담을 했다.

"저의 마법으로 아들을 낳게 해드릴 수는 있습니다. 하지만 그러기 위해서는 저를 당신의 아내로 삼아야 합니다."

아이게우스는 즉시 고개를 끄덕였다. 메데이아는 마녀이기는 하지만 역시 아름다운 여인이었다.

"좋다. 그럼 지금 당장 나와 같이 가서 결혼식을 올리도록 하자."

하지만 메데이아는 고개를 저었다.

"준비가 다 되면 저를 불러주세요. 지금 같이 가지는 않겠습니다. 그리고 반드시 트로이젠을 거쳐서 가도록 하세요."

무슨 영문인지 알 수는 없었지만 아이게우스는 일단 메데이아의 말을 따르기로 했다. 더구나 트로이젠에는 나이 들어 은퇴한 왕인 피테우스*도 있으니 그를 찾아가 이야기를 나누고 조언을 구하면 되겠다고 생각했다.

피테우스는 펠롭스와 히포다메이아의 아들이다. 그는 지혜로운 사람으로 유명했다. 그래서 누구나 궁금한 것이 있으면 그를 찾아가서 물어보았다. 심지어 반인반마 켄타우로스인 케이론보다 그가 더 지혜롭고 현명하다는 평판까지 있었다. 아이게우스가 찾아가자 그는 반갑게 맞아주었다.

아이게우스가 자초지종을 털어놓자 피테우스가 말했다.

"어허, 그 신탁은 나도 풀기가 쉽지 않소. 오랜 시간 생각해야 할 것 같소."

피테우스는 자기가 알고 있는 모든 지식과 신령한 능력을 총동원하여 이 신탁이 무엇을 뜻하는지 해석하려고 애썼다. 그러더니 마침내 답을 찾아냈다.

"드디어 신탁의 의미를 알아냈소."

"그게 무엇입니까?"

"왕께서는 후손을 얻을 수 있을 것이오. 게다가 그 후손은 보통 인물이 아니오. 모든 영웅들 중에서도 가장 뛰어난 영웅이오. 그 이름이 후세에 길이 남을 것이오."

"그게 정말입니까?"

아이게우스는 펄쩍 뛸 정도로 기뻤다. 피테우스는 이때 자신의 딸 아이트라를 생각하고 있었다. 아이트라는 사실 정혼자가 있었다. 어릴 때 벨레로폰에게 시집보내겠다고 약속했던 것이다. 하지만 벨레로폰은 리키아로 떠난 뒤 아무 소식도 없고 아이트라는 나이만 먹어 가고 있었다. 다른 남자에게 시집보내려 해도 한 번 약혼한 여자는 아무런 권한이 없었다. 그러던 터에 아이게우스가 찾아와 후손을 얻고 싶어 한다는 이야기를 듣고 기묘한 아이디어가 떠올랐다.

'내 딸 아이트라를 시집보내는 거야. 아이트라는 피어보지도 못하고 시들어가고 있잖아. 영웅의 어머니가 되도록 해야겠다. 그러면 내가 다 돌봐줄 수 있고, 나는 영웅의 할아버지가 되는 셈이지.'

여기서 잠깐!!

일설에 의하면 피테우스는 대단히 지혜로울 뿐 아니라 말도 아주 잘했다고 해. 그래서 탁월한 예언자로 이름을 날렸지. 그의 가장 위대한 예언이 바로 아이게우스에게 위대한 아들이 태어나리라는 거였어. 한마디로 자신이 위대한 영웅의 할아버지가 되고 싶어 했고, 그대로 이루어졌지. 그 덕분에 테세우스는 왕자의 신분으로 태어날 수 있었던 거야.

피테우스는 농담처럼 신탁을 해석했다.

"여사제가 왜 술 주머니를 열지 말라고 했는지 아시오?"

"모르겠습니다."

"바로 내 술 주머니를 열라는 것이오. 나에게는 세상에서 제일 좋은 포도주가 있으니까."

피테우스는 누구에게도 내놓지 않았던 포도주를 가져와 술잔에 가득 따랐다.

"아이게우스, 내 친구인 그대가 건강하길 바라오. 자네의 소원은 이루어질 것이오."

"저도 그렇게 되면 좋겠습니다."

아이게우스는 단숨에 포도주를 들이켰다. 사실 그 술은 혼배주나 마찬가지였다. 술을 마시자 뜨거운 기운이 올라오면서 신탁이 이루어질 것만 같았다. 아주 향긋한 향기가 그의 몸을 감싸자 피테우스는 한 잔 더 권했다.

"자, 좋은 일이 생길 것이오. 한 잔 더 받으시오."

두 사람은 호탕하게 술잔을 거듭 기울였다. 하지만 피테우스는 마시는 척하며 술을 식탁 밑으로 계속 쏟아버렸다. 아이게우스는 신탁의 의미를 알았고, 자신에게 후손이 생긴다는 말에 기뻐서 정신없이 술을 들이켜고는 그만 취해버렸다. 피테우스는 몸을 가누지 못하는 아이게우스를 부축해서 딸의 방으로 데려갔다.

깜짝 놀란 아이트라가 외쳤다.

"아버지, 무슨 일이에요?"

"이 남자가 너의 배필이다. 오늘 밤 지극 정성으로 모시도록 해라. 이 것은 신탁이니라."

피테우스는 아이게우스를 침대에 눕히고 밖으로 나왔다.

다음 날 아침에 잠이 깬 아이게우스는 깜짝 놀랐다. 옆에 피테우스의 딸이 곤히 잠들어 있었던 것이다.

'앗, 이럴 수가!'

그는 깜짝 놀랐지만 이내 하늘을 향해 외쳤다.

'메데이아의 말이 맞구나. 나는 마법으로 아들을 얻게 된다고 했는데, 이 여인이 위대한 영웅을 낳겠구나.'

그가 중얼거리는 소리에 아이트라가 깨어났다. 그녀가 부끄러운 듯 이 고개를 숙이고 있자 아이게우스는 다정하게 안아주며 말했다.

"아름다운 여인이여, 우리가 이렇게 만난 것도 인연이오. 하지만 나는 머지않아 아테네로 돌아가야 하오."

"알고 있습니다. 저의 운명을 받아들일 것입니다."

"당신은 신의 뜻에 따라 분명 나의 아들을 낳을 것이오. 상상만 해도 가슴이 터질 것 같소."

"하지만 아버지 없이 아이를 어떻게 저 혼자 키우겠어요? 우리 아이가 당신의 아들이라고 누가 믿겠어요?"

"그것은 걱정하지 마시오. 내가 증표를 주겠소."

아이게우스는 몸을 깨끗이 씻고 아침 식사를 마친 뒤 아이트라의 손을 잡고 바위산으로 갔다. 이리저리 살펴보던 그는 커다란 바위 하나를 찾았다. 아이게우스 역시 엄청난 힘을 가진 괴력의 장사였다.

'이 바위가 좋겠군.'

그는 죽을힘을 다해 바위를 밀었다. 사람의 힘으로는 도저히 들어 올릴 수 없는 바윗돌이었다. 하지만 바윗돌이 움직이더니 습기를 가득 머금은 축축한 흙이 드러났다. 놀란 지네와 두더지가 황급히 땅을 파고 몸을 숨겼다.

"자, 내 칼과 내가 신고 온 샌들을 이곳에 놓아두겠소."

샌들과 청동검을 내려놓은 뒤 아이게우스는 다시 바윗돌을 원래 자리로 돌려놓았다. 샌들과 청동검은 감쪽같이 바위 밑에 깔리고 말았다. 다른 사람들은 그곳에 어떤 일이 일어났는지 알 수 없었다.

"바위 밑에 놓아둔 청동검은 우리 집안 대대로 내려오는 명검이오. 내 아들이 열여섯 살이 되거든 이 바위를 들어 올려 청동검과 샌들을 신고 나를 찾아오게 하시오. 그러면 내가 알아볼 수 있소."

"열여섯 살짜리가 바위를 들어 올릴 수 있겠습니까?"

"그 아이가 진짜 영웅이라면 그럴 수 있을 것이오. 그만큼 힘이 센 아이가 내 아들이라는 것은 크나큰 자랑이 될 것이오."

아이트라는 얼굴을 붉히며 고개를 끄덕였다.

그날 아이게우스는 아테네로 돌아갔다.★

하지만 신탁은 반은 맞고 반은 틀린 것이었다. 메데이아의 해석은 아이게우스가 결코 아들을 낳을 수 없다는 의미였다. 다시 말해 아들을 낳지는 못하지만 후계자는 태어난다는 복잡한 예언이었다. 아이게우스의 아들이 아니라 다른 남자의 정기를 받은 아들이 태어나 후계자가 된다는 것이었다. 이런 사실을 아이게우스는 전혀 알지 못했다.

아이게우스가 떠난 뒤 아테나 여신이 나타나 잠든 아이트라를 깨웠다.

"아이트라, 일어나거라."

깜짝 놀란 아이트라가 일어나자 여신이 말했다.

"너는 지금 당장 길을 떠나야 한다. 해안에서 멀리 떨어진 스파이리아섬으로 가거라. 거기에서 펠롭스의 마부인 스파이로스에게 제물을 바치거라."

아테나 여신의 명령이었다.

아이트라는 그대로 일어나 짐을 싸서 길을 떠났다. 바닷가에 도착하니 바다의 신 포세이돈이 기다리고 있었다. 그는 아이트라를 번쩍 들어 동굴로 들어가 자신의 여인으로 만들어 버렸다. 이것은 모두 신의 뜻이었고, 메데이아가 마법을 부린 것이었다.

아이트라는 아테나가 자신을 속였다는 것을 알았다. 스파이리아섬으로 가라고 해놓고 포세이돈을 만나게 했으니 말이다.

열 달이 지나자 아이트라는 아들을 낳았다.
아이트라와 포세이돈 사이에서 태어난 테

여기서
잠깐!!

아이게우스는 일종의 통과의례와 같은 약속을 한 거야. 과거에는 이런 식으로 자신의 아들을 확인하곤 했어. 고구려의 유리왕도 이와 비슷한 이야기를 가지고 있지. 어릴적 유리는 길거리에서 참새를 향해 활을 쐈다가 실수로 물을 길어 가던 부인의 항아리를 깨뜨려어. 화가 난 부인이 아비 없는 자식이라고 꾸짖었지. 이를 분하게 여긴 유리가 어머니에게 자신의 신세를 한탄하자 어머니는 신표를 찾아서 아버지를 만나러 가라고 했어. 칠각형의 돌과 소나무 사이에 있다는 말을 듣고 온 산을 돌아다녔지만 찾지 못했어. 그러다 문득 자신의 집 소나무 기둥과 칠각 주춧돌 사이에 숨겨져 있다는 사실을 깨달았지. 부러진 칼 한 조각을 찾아서 동료들과 함께 고구려의 시조 동명성왕을 찾아가 아들임을 인정받았다고 해.

세우스는 트로이젠에서 성장했다. 외할아버지는 당시 최고로 지혜로운 자였고, 어머니는 아름답고 현명한 여인이었다. 그는 비록 아버지가 없었지만 최고의 환경에서 완벽한 교육을 받았다. 더구나 그는 영웅이 될 자질을 충분히 타고나 어릴 때부터 남다른 지능과 힘을 가지고 있었다.

하루는 많은 영웅들을 거느리고 다니던 헤라클레스가 트로이젠을 찾아왔다. 그는 피테우스에게 이런저런 배움을 얻은 뒤 아이들을 시험해보겠다고 말했다.

"이 나라의 아이들이 어떤지 한번 보겠습니다."

"어떻게 할 생각인가?"

"아이들의 용맹함을 시험해보지요."

헤라클레스는 자신이 입고 있던 사자 가죽을 벗어 긴 의자에 걸쳐놓았다. 마치 실제로 살아 있는 사자 한 마리가 앉아 있는 것 같았다. 피테우스에게 교육을 받으러 온 아이들은 사자 가죽을 보고 놀라 울음을 터뜨렸다.

"무서워요! 으아앙!"

아이들은 사자의 머리를 보고 놀라서 혼비백산했다. 그 아이들 틈에는 할아버지에게 교육받던 테세우스도 있었다.

도망가는 아이들을 지켜보던 피테우스는 실망스러운 듯이 말했다.

"우리 손자가 영웅이 될 그릇이라고 생각했는데 부끄럽구려."

헤라클레스는 웃으며 말했다.

"아직 어린아이인데, 무서워하는 것도 당연합니다."

그때였다. 테세우스가 도끼를 들고 문을 벌컥 열었다.

"아니, 테세우스, 무슨 일이냐?"

"사자를 죽여야 합니다!"

어린 손으로 도끼를 휘두르는 것을 보고 헤라클레스는 웃음을 터뜨렸다. 그의 사자 가죽은 이 세상의 어떤 무기도 뚫을 수 없는 강철 같은 가죽이었기 때문이다.

테세우스를 보고 헤라클레스는 말했다.

"이 아이는 나중에 나와 함께 큰일을 할 영웅입니다. 부디 잘 길러주십시오."

그 말을 남기고 헤라클레스는 떠났다.

외할아버지 피테우스는 손자를 직접 가르쳤다. 테세우스는 종합 백과사전이라 할 만한 지식을 가진 외할아버지에게서 예술과 과학과 문학을 배웠다. 늙은 피테우스가 직접 가르칠 수 없는 운동이나 무술은 당대 최고의 운동선수들과 무사들이 맡았다. 그리하여 테세우스는 용감하고 강력한 영웅으로 커나갔다.

이윽고 테세우스가 열여섯 살이 되자 아이트라는 아이게우스가 했던 약속을 실행하기 위해 아들을 데리고 바윗돌 있는 곳으로 갔다.

"테세우스, 너는 그동안 아버지가 없어서 슬퍼하지 않았느냐?"

"네, 저의 아버지는 어디에 계십니까?"

"너의 아버지는 아테네의 아이게우스 왕이란다."

"그게 정말이에요?"

"그렇단다. 아이게우스 왕이 네가 열여섯 살이 되면 찾아오라고 했다. 이 바위 밑에 넣어놓은 증표를 가져오라고 말이야. 그런데 네가 이

것을 들어 올릴 수 있겠느냐?"

테세우스는 빙긋이 웃었다. 그의 덩치는 이미 어른들보다 컸고 그의 힘은 따를 자가 없었다.

"한번 해볼게요."

테세우스는 바윗돌을 붙잡고 팔과 다리에 한껏 힘을 주었다.

"끙!"

테세우스는 한 번 만에 바위를 번쩍 들어서 옆으로 굴려버렸다. 이것만 봐도 그의 아버지인 아이게우스보다 더 힘센 영웅임을 알 수 있었다. 바위 밑에는 청동검과 샌들이 그대로 놓여 있었다. 신기하게도 샌들은 테세우스의 발에 딱 맞았고, 청동검은 녹슬어 있었다. 테세우스는 청동검을 숫돌에 갈고 가는 모래로 문지른 다음 거친 가죽으로 연마했다. 그러자 청동검이 휘황찬란하게 빛이 났다. 어머니 아이트라는 훌륭하게 자란 아들이 자랑스럽고 흐뭇했다.

"어머니, 증표를 손에 넣었으니 아버지를 찾아 떠나겠습니다."

테세우스가 떠날 준비를 마치자 피테우스가 말했다.

"얘야, 아테네까지 육로로 가는 것은 너무 위험하다."

"왜 그렇습니까?"

"강도와 산적들과 괴물들이 곳곳에서 출몰한단다. 배를 타고 바다로 가는 것이 좋겠다."

그러자 테세우스는 빙긋이 웃으며 말했다.

"할아버지 그리고 어머니, 그렇다면 저는 더더욱 육로로 가겠어요."

"그게 무슨 말이냐? 험한 길로 가다가는 아버지를 만나기도 전에 죽을 수도 있다."

"아닙니다. 그런 산적들과 괴물들은 제가 반드시 제거할 것입니다. 난관들을 헤쳐나가는 것이 영웅이 되고픈 저의 과업입니다. 헤라클레스도 과업을 완수하고 영웅이 되지 않았습니까?"

"그래, 네 말이 맞구나."

테세우스는 외할아버지와 어머니의 걱정을 뒤로하고 길을 떠났다.

5

테세우스의 여섯 가지 과업

전설적인 영웅 헤라클레스는 자신의 죄를 씻고 영웅으로서 능력을 증명하기 위해 열두 가지 과업을 수행했다. 그 업적으로 헤라클레스라는 이름은 오래도록 빛났다. 테세우스에게는 딱 절반인 여섯 가지의 과업이 주어졌다. 누군가가 부여한 것은 아니지만 그가 스스로 육로를 선택함으로써 해결해야 할 여섯 가지 과업이 생긴 것이다.

첫 번째 과업은 산적이었다. 테세우스가 아버지를 찾아가는 여정을 시작했을 때 벌어진 일이다. 에피다우로스에는 산적들이 지나가는 행인의 옷이나 소중한 물건을 빼앗은 다음에 죽여버리는 일이 비일비재했다. 법의 통치가 미치지 못하는 곳에서 벌어지는 일이었다. 그중에 가장 악명 높은 산적이 페리페테스였다. 기다란 청동 곤봉을 휘둘러 사람들을 때려잡는 무시무시한 자였다. 사람들은 그를 곤봉잡이라고 불렀다. 곤봉은 무게와 휘두르는 속도에 따라 그 힘이 배가되어 맨주먹으로 휘두를 때보다 몇 배 더 강력한 힘을 가할 수 있다.

이 거인 도적이 테세우스 앞에 나타나 길을 막아섰다. 그는 마치 통행세를 걷는 사람처럼 앉아서 지나가는 행인을 덮쳤다. 대부분 그를 보자마자 도망가는데, 그들을 쫓아가 단숨에 때려잡았다. 하지만 테세우스는 걸음을 멈추지 않고 씩씩하게 그를 향해 다가갔다. 길 한쪽을 막고 서 있는 그에게 테세우스는 용감하게 말했다.

"길을 비켜주시오. 지나가야겠소."

페리페테스는 당황했다. 자신에 대해 이미 들어 알고 있을 텐데 이렇게 겁없는 사람은 처음 봤기 때문이다.

"너는 내가 누구인 줄 모르느냐?"

"너를 알아야 이 길을 지나갈 수 있는 것이냐?"

"……."

테세우스가 강력하게 맞서자 페리페테스가 으르렁거렸다.

"이 길은 내 길이다. 아무도 내 허락 없이 여기를 지나갈 수 없다. 왜냐고? 내가 이 곤봉으로 때려죽이기 때문이지. 으하하하! 너도 이 곤봉 맛을 보고 싶으냐?"

"하하하! 그 무슨 해괴한 소리냐? 내 목숨을 왜 네가 좌지우지한단 말이냐? 그깟 곤봉 하나를 가지고 뭘 어쩌겠다고."

"말로 해서는 안 되겠구나."

테세우스

아테네의 영웅으로 미궁에 사는 미노타우로스라는 괴물을 물리쳤어. 아리아드네의 도움으로 미궁에서 길을 잃지 않고 돌아왔는데, 이처럼 다른 사람들의 도움과 협력이 매우 중요하지. 테세우스는 항상 정의를 추구하며 약자를 도왔어. 그의 희생정신과 솔선수범은 무슨 일이든 혼자 이룰 수 없다는 교훈을 줘.

페리페테스는 한 손으로 곤봉을 붕붕 소리 나게 휘두르며 덤벼들었다. 하지만 테세우스는 여느 행인과 달랐다. 그는 빙빙 회전하는 곤봉에서 눈을 떼지 않고 지켜보다 빈틈을 파고들어 거인을 업어치기해서 그대로 메다꽂아 버렸다. 지축이 울리는 듯한 소리와 함께 페리페테스는 나뒹굴었다.

"지금까지 사람들을 많이도 죽였으니 이제 그만둘 때도 됐구나."

테세우스는 순식간에 곤봉을 뺏어 들었다. 페리페테스는 어린아이쯤 쉽게 제압하리라 여기고 소리를 지르며 맨손으로 덤벼들었다.

"네 이놈! 기다려라!"

하지만 자신의 청동 곤봉을 빼앗아 휘두르는 테세우스를 당할 수는 없었다. 페리페테스는 정통으로 머리 한가운데를 맞고 쓰러져 피를 흘리면서 죽었다. 테세우스는 쓰러진 페리페테스를 한쪽 길가로 치워놓았다.

'이 곤봉은 꽤 쓸모가 있겠군. 내가 가져가야겠어.'

그때 멀리서 이 광경을 지켜보던 나그네들이 모두 나와서 '만세'를 외쳤다. 산적을 만날까 두려워 지나다니지도 못하던 길이었는데, 이제는 마음 놓고 다닐 수 있게 되었다.

"앞으로는 이 길로 갈 수 있게 되었어."

"이게 다 테세우스 덕분이다."

그 뒤로 수많은 사람들이 그 길을 통해 물자와 문화를 교류하며 번창했다.

테세우스는 자신이 갈 길을 향해 계속 나아갔다. 사람들을 만나 다양한 문화를 경험하며 테세우스는 성장해갔다. 여행은 사람을 성장시키는 법이다.

테세우스가 두 번째 과업을 이룬 곳은 코린토스 부근의 숲길이었다. 그곳에도 산적이 버티고 있었다. 그 이름은 시니스. 역시나 강력한 힘을 가진 자였다. 그가 사람을 괴롭히는 방법은 바로 찢어 죽이는 것이었다.

그는 지나가는 행인을 붙잡은 다음 소나무 가지를 땅바닥까지 끌어당겨서 한쪽 다리를 묶고, 나머지 다리는 다른 소나무 가지를 당겨서 묶은 뒤 소나무 두 개를 놓아버렸다. 소나무가 다시 펴지면서 다리가 묶인 사람의 가랑이가 찢겨 나갔다. 너무나 끔찍하고 잔인할 뿐만 아니라 죽은 사람들을 그대로 나무에 매달아 놓았다. 숲길 여기저기에 미라처럼 말라가거나 부패해가는 반쪽짜리 시체들이 소나무에 대롱대롱 매달려 있었다.

테세우스가 피비린내 나는 숲길을 걸어가자 어김없이 시니스가 나타났다. 시니스는 근육투성이의 테세우스가 나타나자 부드러운 태도로 다가갔다.

"자네 내 힘을 구경해보겠는가?"

"그대가 소나무를 구부린다고 하던데 사실이오?"

"잘 아는군. 저 소나무를 한번 보게."

시니스는 소나무 가지 끝에 매달아 놓은 밧줄을 당기기 시작했다. 그러고는 끼익 소리를 내며 구부러져 내려온 소나무 가지를 손으로 붙잡았다.

"우움!"

강철 같은 근육에 힘을 주자 소나무는 둥그렇게 휜 채 휘청거렸다.

"어떤가? 나의 힘이…….."

"대단하오. 나무를 휘어서 구부릴 정도의 힘이라니."

"자네도 한번 해보겠나?"

"해봅시다. 내가 소나무를 잡아보겠소."

테세우스가 소나무를 대신 붙잡아주자 시니스는 당황했다. 구부러진 나무를 잡고 버틸 수 있는 사람은 없었기 때문이다. 하지만 시니스는 애써 웃으며 말했다.

"좋다. 나는 이쪽 나무를 당겨보겠다."

밧줄을 당기자 또 다른 나무가 구부러져 내려왔다. 시니스가 그 나무를 붙잡고 말했다.

"자, 이 나무까지 끌어당겼다."

테세우스는 자신을 나무에 묶으려 한다는 것을 알았다.

"이리 가까이 와보게."

테세우스가 다가가면 그대로 잡아채서 밧줄로 양다리를 양쪽 나무에 꽁꽁 묶을 것이다. 그러나 테세우스는 가까이 다가가 밧줄을 건네는 척하면서 재빨리 그의 다리를 묶어버렸다.

"이게 무슨 짓이냐? 놔라!"

그러고는 발버둥치는 시니스의 나머지 다리까지 소나무 가지에 묶었다.

"이보시오. 왜 이러시오? 어서 나를 풀어주시오."

"너는 그동안 수많은 사람들을 죽이지 않았는가? 이 숲에 매달린 수많은 시체들은 다 네놈이 저지른 악행의 증거가 아니냐? 이제는 네가 매달릴 차례다."

"잘못했소. 살려주시오. 다시는 그런 짓 하지 않겠소."

"당연하지. 어차피 다시는 그런 짓을 못 할 테니까."

테세우스는 붙잡고 있던 양쪽 나무를 놓아버렸다. 그 순간 소나무들은 기운차게 펴지면서 시니스의 두 다리가 찢기고 말았다. 수많은 나그네들을 찢어 죽인 그 방법으로 시니스의 몸은 두 쪽으로 갈라져 허공에 대롱대롱 매달렸다. 뒤따르던 행인들은 이 광경을 바라보며 박수를 치고 환호했다.

"테세우스, 만세!"

이렇게 해서 소나무 숲길도 뚫리게 되었다. 이 길로 많은 사람들이 다니며 테세우스의 노고를 찬양했다.

테세우스를 기다리고 있는 세 번째 과업은 괴물 멧돼지였다. 넓은 벌판이 있는 농촌 마을 크롬미온을 지나갈 때였다. 크롬미온은 '양파를 심어서 가꾸는 자'라는 뜻이다. 한창 양파를 수확해서 자루에 담아 시장에 내다 팔아야 할 시기였다. 그런데 크롬미온 마을 사람들은 모두 실의에 빠져 있었다.

"지나가는 사람인데, 오늘 하루 쉬었다 갈 곳이 없겠소?"

"나그네를 잘 대접해주고 싶지만, 지금 우리에게는 돈도, 먹을 음식도, 아무것도 없소."

"이 마을에 무슨 일이 있는 것이오?"

"멧돼지 한 마리가 우리 땅을 모조리 파헤쳐서 황무지로 만들었소."

"이렇게 넓은 벌판을 멧돼지 한 마리가요?"

"그렇소. 믿을 수 없겠지만 괴물 멧돼지요."

"아무리 괴물이라도 그렇지……."

"멧돼지 새끼가 아니오. 티폰과 에키드나★ 사이에서 나온 괴물이오."

"사람들이 힘을 합쳐서 그 괴물을 죽여버리면 될 것 아니오?"

"정령을 받은 괴물이기에 인간의 손으로 잡을 수가 없소."

테세우스는 자신이 해결해야겠다는 생각이 들었다.

"알겠소. 그렇다면 내가 그놈을 죽여버리겠소. 그 멧돼지는 어디 있소?"

"저쪽이오."

테세우스는 멧돼지가 사라진 숲속을 향해 달려갔다. 농사꾼들은 서로 쳐다보며 혀를 찼다.

"무모한 젊은이가 또 하나 죽게 생겼구먼."

"그러게 말이야."

여기서 잠깐!!

상반신은 여자이고 하반신은 뱀인 괴물이야. 반인반수의 괴물 티폰과 에키드나 사이에서 낳은 괴물이 전부 다 유명해. 머리가 둘 달린 개 오르트로스와 저승의 문을 지키는 개 케르베로스, 머리가 아홉 개 달린 괴물 뱀 히드라와 하나의 몸에 사자, 염소, 뱀 머리가 달린 키마이라도 둘 사이에서 나온 자식이야. 한마디로 모든 괴물의 산실인 셈이지. 아마 후대에 이야기를 만들면서 괴물이 필요하면 다 에키드나가 낳았다고 정리해버린 것 같아.

"묏자리나 파놓자. 그래도 우리를 도와주려고 멧돼지를 죽이러 간 고마운 청년 아닌가. 우리가 장례라도 잘 치러줘야지."

"그렇게 하자고."

마을 농사꾼들은 지친 몸으로 무덤 자리에 땅을 팠다. 다음 날 시신의 머리카락이나 옷이라도 가져다 묻어줄 생각이었다.

그때 테세우스는 멧돼지 굴을 찾아서 가까이 다가갔다. 괴물 멧돼지는 괴성을 지르며 뛰쳐나왔다.

"끼오오!"

테세우스는 사람을 향해 똑바로 달려오는 멧돼지의 습성을 이용해서 시니스를 죽인 방법으로 해치울 생각이었다. 밧줄로 소나무 두 개를 벌려놓고 그 사이에 서 있다가 멧돼지가 달려왔을 때 밧줄을 놓아버렸다. 멧돼지는 소나무 사이에 끼어서 벗어나려고 좌우로 몸부림을 쳤다. 얼마나 힘이 센지 소나무가 부러지려는 순간, 테세우스는 박차고 뛰어올라 페리페테스의 청동 곤봉을 멧돼지의 정수리에 그대로 내리꽂았다. 정수리가 으깨지면서 괴물 멧돼지는 소나무 사이에 낀 채 죽었다.

테세우스는 괴물 멧돼지의 발목을 묶어 어깨에 짊어지고 마을로 돌아왔다. 그동안 피해를 입었던 농사꾼들에게 멧돼지 고기로 잔치를 열어주려는 것이었다.

해 질 무렵 테세우스가 돌아왔을 때 마을 사람들은 이미 구덩이를 파놓고 기다리고 있었다.

"당신들을 괴롭혔던 멧돼지를 잡아 왔소. 이제는 안심하고 농사지을 수 있소."

사람들은 괴물 멧돼지를 보고 기겁을 했다. 그러고는 이내 환호성을 올렸다.

"만세! 만세!"

그날 밤 마을에서는 큰 잔치가 벌어졌다. 멧돼지 고기를 구워서 살은 발라먹고 뼈는 묏자리로 파놓은 구덩이에 집어 던졌다. 모두 젊은 영웅을 칭송해 마지않았다.

"이곳에서 우리와 같이 삽시다."

"그대와 같은 영웅이 필요하오."

하지만 테세우스는 고개를 저으며 말했다.

"나는 또 다른 과업을 수행해야 하오."

"당신은 진정한 영웅이오. 당신의 이름이라도 알려주시오."

"나의 이름은 테세우스요."

테세우스는 마을 사람들의 환송을 받으며 다시 아테네를 향해 길을 떠났다.

한참을 더 가자 또 다른 고갯길이 나타났다. 죽음의 계단이라 불리는 곳이었다. 산봉우리가 이어지는 깎아지른 해안 절벽의 바위 사이에 난 좁은 길이었다. 한 발만 잘못 내디뎌도 절벽 아래로 떨어져 흔적도 찾지 못한다. 수천 개의 계단을 올라가야 구불구불한 길을 벗어날 수 있었다. 이곳 메가라의 마을 입구에 있던 사람들은 테세우스가 아테네로 간다는 말을 듣자 안전한 길로 돌아가라고 말했다.

"젊은이, 거기는 사람이 지나갈 수 있는 길이 아닐세."

"그렇다면 더더욱 내가 가야겠소. 내가 길을 뚫어줄 테니 여러분도 편안하게 다니시오."

"게다가 해안 벼랑길에는 스키론이라는 자가 숨어 있다네."

"그도 산적이오?"

"그렇다네. 용감하고 담력 있다 하는 자들도 교묘하게 꾀어서 죽여버리지."

"그렇다면 더더욱 그 길로 가야겠소."

"그래서 옛날에는 이곳을 스키론의 바위라고 불렀다네."

이야기를 들어보니 스키론은 그 비좁은 길을 막고서 자신의 발을 씻겨야 지나갈 수 있게 해주었다고 한다. 사람들은 통행세라 생각하고 가져간 물로 그의 발을 씻겨주었다. 하지만 먼지투성이의 발을 다 씻기고 나면 순순히 보내주는 것이 아니라 그대로 발로 차서 죽음의 계단 아래 낭떠러지로 떨어뜨렸다. 게다가 낭떠러지 밑 바닷속에는 거북이 기다리고 있다가 추락한 여행객을 먹어치운다고 했다. 테세우스는 주먹을 불끈 쥐고 더더욱 죽음의 계단으로 가야겠다고 결심했다.

테세우스가 계단을 올라가자 아니나 다를까 꼭대기 부근에서 스키론이 기다리고 있었다.

"멈춰라. 이곳을 지나가려는 것인가?"

"그렇소. 나의 아버지를 찾아 아테네로 가는 길이오."

"여기를 지나가고 싶으면 먼저 내 발을 씻겨야 한다."

"물론이지요. 당신이 이곳을 지키고 있으니 통행세를 낸다 생각하고 당연히 씻겨드리겠습니다."

테세우스는 쭈그리고 앉아 가져간 물을 꺼
낸 다음 그에게 발을 내밀라고 했다. 스키론이
먼지투성이의 통나무 같은 발을 내밀었다. 테
세우스는 그의 발을 씻기는 척했다. 스키론은
자기의 더러운 발을 다 씻기고 나면 테세우스
를 걷어차 버릴 생각으로 가만히 기다리고 있
었다. 그런데 테세우스는 방심하고 있는 그의
종아리를 확 낚아채더니 엄청난 힘으로 몸통
을 번쩍 들어서 벼랑 아래로 던져버렸다.

"으아악!"

그야말로 눈 깜짝할 사이에 벌어진 일이었
다. 스키론도 젊은이가 감히 자신을 붙잡아 바
다로 던져버릴 줄은 몰라 무방비 상태였다. 두
어 번 절벽에 튕겨진 스키론은 그대로 바다에
떨어졌다. 하얀 거품을 일으키며 바다에 빠지
자 기다렸다는 듯이 그의 협력자인 거북이 나
타나 그를 한입에 삼켜버렸다. 뿌린 대로 거두
는 법이다.★

테세우스는 곤봉을 휘두르며 다시 죽음의
계단을 지나갔다. 그는 못된 짓을 한 자들을
응징하는 영웅이 되어가고 있었다. 마을 사람
들은 죽음의 계단을 편하게 오갈 수 있도록

여기서 잠깐!!

이런 이야기 구조는 신화에 많이 등
장해. 악인이 기르는 괴물이나 말이
나 거북이 오히려 나중에 영웅을 만
난 악인을 죽이는 설정이지. 사람들
이 통쾌함을 가장 크게 느끼는 이야
기 구조야. 〈피터팬〉을 봐도 후크 선
장이 결국은 괴물 악어에게 잡혀 먹
히는 걸로 최후를 맞이하잖아. 이런
것들이 모두 신화의 보복 구조에서
따온 거야.

평탄하게 닦았다.

　네 번째 과업을 무사히 마치고 테세우스는 다시 아테네를 향해 길을 떠났다. 그러나 영웅에게는 항상 난관이 기다리는 법이다. 엘레우시스에 다다랐을 때 다섯 번째 난관이 나타났다. 이번에는 씨름꾼이었다. 그의 이름은 케르키온.

　엘레우시스의 왕인 케르키온은 지나가는 사람들을 붙잡고 강제로 씨름을 해서 지는 사람은 그 자리에서 죽여버리는 악당이었다. 그와 씨름해서 살아남은 자가 한 명도 없었기에 사람들은 그 사실을 알지도 못했다. 젊은 테세우스가 나타나자 케르키온은 얕잡아보며 말했다.

　"이런 애송이가 나타나다니, 사내들 씨가 마른 것이냐? 너 같은 어린 애까지 나에게 도전하다니."

　그러자 테세우스는 자존심이 상했다.

　"네가 나보다 강하다는 것을 무엇으로 증명하겠다는 거냐? 사람이나 죽이는 흉악한 너 따위가 무슨 자격으로 나를 비난하는 것이냐?"

　"어린놈이 죽을 날이 코앞에 다가온 것도 모르고 입을 놀리는구나."

　케르키온이 말로 기선 제압을 하려고 했다.

　"좋다. 네가 원하는 것이 무엇이냐?"

　"나와 씨름해서 이기면 이 길을 지나가게 해주겠다."

　케르키온과 테세우스는 합의하에 씨름을 시작했다. 테세우스는 역시 싸움에서는 선제공격이 중요하다는 것을 알고 있었다. 그래서 번개같이 케르키온의 가슴을 향해 먼저 파고들어서 몸통을 붙들고 어깨 위로 번쩍 들어 올렸다. 괴물 멧돼지를 들어 올릴 정도의 괴력을 가진 테세우스였다. 자기도 모르게 두 발이 들려 허공에 뜬 케르키온은 당황해서 비명만 지를 뿐이었다.

"어어!"

테세우스는 들고 있던 케르키온을 그대로 땅바닥에 내리꽂았다. 낙법을 쓸 겨를도 없이 삐죽 튀어나온 돌덩이에 등을 찍힌 케르키온은 이내 숨을 거두었다. 수많은 사람들을 씨름으로 죽인 악한의 최후치고는 너무나 어이없었다. 게다가 자신이 남들을 죽이던 씨름으로 죽었으니 말이다.★

마지막 여섯 번째 과업은 굉장히 유명한 사건이다. 테세우스가 아이갈레오스산 정상을 넘어가자 아테네 시가지가 보였다. 아테네까지 하루 만에 도착할 수 없으니 인근 마을에서 하룻밤을 묵어야 했다.

케피소스 강가에 주막 하나가 보였다. 주막 집 주인 프로크루스테스는 친절해 보였지만 사실은 악당이었다. 그는 방을 딱 하나만 손님들에게 빌려주었다.

여기서
잠깐!!

그리스인들은 지금도 테세우스를 레슬링의 창시자라고 믿고 있어. 그가 괴력의 케르키온을 이긴 방법은 자신의 힘이 아니라 상대방의 힘을 역이용한 것이야. 이건 우리의 씨름과도 비슷한데 공격할 때는 항상 상대의 역공을 조심해야 해. 새로운 기술로 힘센 상대를 꺾는 것은 지혜를 숭상하는 그리스인들의 취향에도 잘 맞아떨어지지. 나중에 헤라클레스도 거인 안타이오스와 레슬링을 하는 장면이 등장해.

"어서 오시오, 젊은이. 이 침대에 누워 쉬면 된다오."

하지만 테세우스는 사람들에게 프로크루스테스를 조심하라는 이야기를 이미 들어 알고 있었다.

"꽤 오래된 침대로군요."

프로크루스테스는 여행자가 침대에 누우면 길이에 맞추는 방식으로 죽여버렸다. 키가 큰 사람이 누우면 침대 바깥으로 삐져나온 다리를 붙잡고 흉악한 얼굴로 말했다.

"길이가 안 맞는군요. 우리 집은 침대에 딱 맞는 사람만 재웁니다."

"그럼 어쩌죠?"

"걱정하지 마시오. 내가 맞춰드리리다."

그는 웃으며 침대 바깥으로 나온 다리를 톱으로 잘라버렸다. 키가 작은 사람이 침대에 누우면 또 이렇게 말했다.

"침대가 너무 길군요. 딱 맞춰야겠소."

그러고는 여행자의 다리와 팔을 침대에 묶고 잡아당겨서 죽였다.

테세우스는 침대에 누우라는 말이 떨어지자마자 번개같이 달려들어 오히려 프로크루스테스를 붙잡아 침대에 눕혔다.

"네놈이 어떻게 사람들을 죽이는지 잘 알고 있다. 어디 한번 네놈이 누워봐라."

테세우스는 악한을 밧줄로 꽁꽁 묶어버렸다.

"이거 봐라! 어서 놓으란 말이다!"

아무리 발버둥쳐도 테세우스의 힘을 당할 수는 없었다.

"네놈도 팔다리가 침대 바깥으로 삐져나오는구나."

"사, 살려주시오!"

"네놈이 지나가는 나그네들을 살려준 적이 있더냐?"

"자, 잘못했소이다."

"나도 너처럼 너의 몸길이를 침대와 똑같이 맞춰주마."

테세우스는 침대 밖으로 나온 프로크루스테스의 머리를 잘라버렸다. 그가 여행자들에게 했던 짓을 그대로 되갚아준 것이다.★

테세우스가 아테네로 가는 여정에서 해치운 여섯 가지의 놀라운 과업과 능력에 대한 소문은 그보다 빨리 퍼져 나가서 이미 아테네에 그의 평판이 자자했다.

여기서
잠깐!!

일설에 의하면 프로크루스테스는 아내와 함께 주막을 운영하고 있었다고 해. 남편이 비명을 지르는 소리를 듣고 아내가 구경하러 방에 들어왔을 때 테세우스가 그녀도 침대에 눕히고 짧은 팔다리를 늘려서 함께 죽였다는 거야. 길거나 짧거나 짝을 맞춘 거지. 200명이 넘는 나그네의 유골이 집 부근 연못에 쌓여 있었다고 해. 오늘날도 억지 주장을 하는 사람을 프로크루스테스의 침대에 비유하곤 하지.

6

출생의 비밀

아테네의 산꼭대기에는 아테나 여신의 신전이 휘황찬란하게 자리 잡고 있었다. 마침내 테세우스는 아테네에 다다랐다. 그는 성스러운 길이라 불리는 큰길을 따라 케피소스강에 놓인 다리를 건너갔다. 그곳에 살고 있는 사람들이 피탈리드 종족이었다.

피탈로스의 후손인 피탈리드는 지나가는 나그네를 잘 대접하기로 유명했다. 강을 건너는 여행자들이 있으면 서로 앞다퉈 자기 집으로 데려와 따뜻한 저녁을 먹이고 쉬게 해주었다.

테세우스도 어느 피탈리드의 집으로 들어갔다. 마을 사람들과 함께 푸짐한 음식이 차려진 식탁 앞에 앉자 모두 궁금하다는 듯이 이것저것

질문했다.

"젊은이는 어디에서 온 누구시오?"

"저는 트로이젠에서 왔습니다."

"트로이젠이라고? 거기서 이곳까지 육로로 무사히 온 사람은 아무도 없었는데."

"그러게 말입니다. 모든 사람들이 산적들을 만나 목숨을 잃었는데, 그런 길을 어떻게 살아서 왔단 말이오?"

테세우스는 닭다리를 입에 넣으며 말했다.

"그렇잖아도 산적들을 많이 만났지요."

"그런데도 무사히 이곳에 온 것이오?"

양파를 우걱우걱 씹어 먹던 테세우스는 웃었다.

"그자들은 이제 모두 이 세상 사람들이 아닙니다."

"그게 정말이오?"

"제가 모두 처치했습니다. 이제는 안심하고 우리 고향인 트로이젠까지 왕래할 수 있습니다."

이곳저곳 다니며 장사하는 피탈리드들은 만세를 불렀다. 성질 급한 사람은 테세우스의 이야기를 들으면서 내다 팔 물건을 보따리에 쌀 정도였다.

"어떻게 된 영문인지 자세히 들려주시오."

테세우스는 밥을 먹으면서 자기가 겪었던 일들을 자세히 들려주었다. 온 마을 사람들이 모여 그의 이야기를 들었다. 평생 들어보지 못한 놀랍고도 통쾌한 이야기였다.

"그렇다면 이제 펠로폰네소스까지 자유롭게 갈 수 있단 말이오?"

"그렇습니다. 어떤 산적도 그곳을 막거나 지나가는 사람을 괴롭히지 못할 것입니다."

그 말을 듣자 마을의 원로가 감사를 표했다.

"참으로 고맙네. 하지만 자네가 악한들을 죽이기는 했으나, 몸에는 원한과 피가 묻어 있을 테니 우리가 의식을 치러 깨끗이 씻어주겠네."

"물론이오. 아테네에 들어가기 전에 그러한 의식을 치러야 하오."

테세우스는 제우스 신을 비롯해 다른 신들의 신전에 가서 골고루 제물을 바치고 자신이 죽인 자들의 피를 씻어냈다. 신들은 모두 옳은 일을 한 테세우스를 용서해주었다. 게다가 너도나도 테세우스에게 어려움과 위험이 닥치면 기꺼이 도와주겠다고 했다.

정화 의식을 치르고 나서 테세우스는 하얀 옷으로 갈아입었다. 그것은 때가 묻지 않았다는 뜻이었다. 깨끗하고 순결한 옷을 입자 테세우스는 마치 여자처럼 보일 정도였다.

다음 날 그는 하얀 옷을 입고 아테네로 향했다. 아테네 입구로 들어서자마자 테세우스는 텃세를 부리는 사람을 만났다. 어느 지역이나 낯선 사람이 오면 조롱하고 깔보는 것이 인간의 속성이었다.

아폴론 신전을 짓던 석수장이들이 모여서 쉬고 있는 곳을 지나갈 때였다. 하얀 옷을 입은 얼굴이 희고 곱상한 테세우스가 지나가자 그들은 여자인 줄 알고 휘파람을 불며 희롱했다.

"예쁜 아가씨, 우리랑 놀다 가지그래."

"어딜 그렇게 바삐 가시나?"

그 말을 듣자 테세우스는 화가 치밀었다. 무시무시한 산적들도 모조리 해치운 그가 아니던가. 하지만 처음 만난 그들과 싸우는 것은 옳지 않았다. 다만 자신의 힘을 보여주는 것만으로 충분할 터였다.

"내가 아가씨로 보이는 모양인데, 어디 한번 나의 힘을 보여주지."

마침 옆에 돌을 실어 온 마차가 보였다. 테세우스는 마차로 다가가 수레바퀴를 잡고 힘을 주었다.

"영차!"

테세우스는 마차를 들어서 어깨에 얹더니 머리 위로 번쩍 들어 올렸다. 눈으로 보고도 믿을 수 없는 광경이었다. 석수장이들은 모두 깜짝 놀랐다.

"아니 이럴 수가! 저 사람은 신이 분명해."

테세우스는 들어 올린 마차를 신전 지붕 위로 던져버렸다. 마차는 그대로 날아가서 풍비박산이 났다. 그제야 석수장이들은 젊은이가 아름다운 여자가 아니라 헤라클레스나 티탄처럼 무시무시한 괴력을 가진 영웅임을 알았다. 모두 테세우스에게 다가와 엎드렸다.

"영웅께서 우리 아테네에 오시다니 진심으로 환영합니다."

"저희가 몰라뵙고 무례를 저질렀습니다. 당신과 같은 분이 있으니 우리 아테네는 앞으로 걱정이 없겠습니다."

한편 아이게우스 왕은 젊은 테세우스가 오고 있다는 것을 알고 있었다. 성 밖에 있던 신하들이 재빨리 달려가 왕에게 보고한 것이다.

"놀라운 젊은이 하나가 산적들을 모조리 제거하고 아테네로 들어왔습니다. 대왕께 찾아와 인사할 것입니다."

젊은 영웅이 도착했다는 소식을 듣자 아이게우스는 성대하게 그를 맞이했다.

"놀라운 젊은이가 왔구나. 정성껏 대접하고 그의 이야기를 들어봐야겠다."

하지만 아이게우스는 그가 자신의 아들이라고는 전혀 생각하지 못했다. 그때 아이게우스는 이아손의 아내였던 마녀 메데이아와 결혼해서 살고 있었다. 그녀와 살다 보면 마법에 의해 아들을 낳을 수 있을 것이라고 생각했다. 하지만 현실은 그렇지 않았다.

나이가 많이 든 아이게우스는 더 이상 나랏일을 좌지우지할 수 없었다. 그 모든 일을 맡아서 하는 것은 메데이아였다. 한마디로 메데이아가 수렴청정을 하는 셈이었다.

"젊은이가 왔습니다."

궁 안으로 들어온 잘생기고 늠름한 테세우스를 보고 메데이아는 그가 왕의 아들이라는 것을 본능적으로 알아챘다. 그가 아테네에 머문다면 왕의 아들임이 밝혀져서 자신이 갖고 있는 권력을 빼앗기게 되는 것은 시간문제였다.

'저자를 제거해야겠구나. 그렇지 않으면 내가 위험하겠어.' ★

메데이아는 테세우스를 보자마자 결심을 굳혔다.

성대한 잔치가 열리고 궁 안에 있는 모든 사람들의 관심이 테세우스에게 쏠려 있을 때였다. 메데이아는 어떻게 해야 테세우스를 없앨지 고민하다 남편이 가진 콤플렉스를 이용하기로 했다.

'그래, 아이게우스 왕은 팔라스를 두려워하고 있지.'

팔라스는 아이게우스의 동생이지만 철천지 원수나 마찬가지였다. 게다가 아이게우스에게 후계자가 없으니 팔라스는 호시탐탐 왕위를 빼앗을 궁리만 하고 있었다. 형제간의 갈등은 물과 불이라고 해도 과언이 아니었다. 아이게우스는 아들이 하나도 없는 반면 팔라스에게는 쉰 명이나 되는 아들이 있었다. 아이게우스는 그들이 언제 쳐들어올지 몰라 두려워하고 있었다.

테세우스를 환영하는 잔치가 끝나고 방으로 돌아와 누운 아이게우스에게 메데이아가 말했다.

"저 젊은이는 느낌이 안 좋아요. 팔라스가 보낸 암살자가 분명해요. 제가 지금 그러한 계시를 받았어요. 당신을 죽이려고 하는 거예요. 그러기 전에 저자를 먼저 죽여야 해요."

"그게 사실이오?"

늘 불안해하고 있던 그는 귀가 솔깃했다.

"하지만 직접 죽이는 것은 너무 위험해요. 지금 민심이 저자에게 쏠려 있으니 신중하게 처리해야 해요."

이미 아테네 전역에 테세우스에 관한 소문

여기서 잠깐!!

일설에 의하면 아이게우스와 메데이아 사이에 메도스라는 아들이 있었대. 당연히 후계자가 되었지. 테세우스가 찾아왔을 때 메데이아는 자칫하면 아들과 함께 쫓겨날 수도 있다는 걸 짐작했지. 그래서 어떻게 해서든 테세우스를 제거하기 위한 계략을 꾸미게 되었다고도 해.

이 퍼져 아테네 사람들은 잘생긴 그를 보기 위해 성 밖에서 진을 치고 있었다. 이런 상황에서 왕이 테세우스를 죽인다면 민심이 흉흉해질 것이다.

"그럼 어떻게 하면 좋겠소?"

"제가 포도주에 바곳의 독을 몇 방울 떨어뜨려 놓을게요."

바곳(투구꽃)은 치명적인 독성을 가진 풀이다. 소리 소문 없이 죽이기에 가장 좋은 방법이었다.

다음 날 또다시 연회가 벌어졌다. 테세우스의 이야기를 듣기 위해 모인 자리였다. 귀족들과 왕족들이 모두 모여 식탁 앞에 자리를 잡고 어제 못다 한 테세우스의 이야기를 들으려고 할 때였다.

아이게우스는 오늘 거사가 치러질 것을 알고 있었지만 마음이 편치 않았다. 생때같은 젊은이, 더구나 영웅으로 칭송받는 젊은이를 죽이자니 너무 안타까웠다. 하지만 팔라스가 자신의 왕위를 빼앗는 것은 도저히 용납할 수 없었다.

'어쩔 수 없다. 메데이아가 하자는 대로 할 수밖에.'

그때 테세우스는 아이게우스의 분위기가 뭔가 이상하다고 느꼈다. 어제까지 환대해주던 왕이 오늘은 자신을 제대로 쳐다보지도 않고 멀찍이 거리를 두는 것이 느껴졌다.

'어제까지 나를 반겨주시던 아버지가 오늘은 왜 저러시는 거지? 뭔가 이상한데?'

아직까지 테세우스는 자신이 아들이라는 사실을 밝히지 않고 있었다. 게다가 그는 아버지가 먼저 알아봐 주기를 바라며 소중한 청동검을 차고 샌들을 신고 있었다. 하지만 아이게우스는 제법 멀리 떨어져 있었기에 청동검과 샌들을 미처 보지 못했다.

"자, 여러분, 젊은이를 위하여 모두 다 함께 건배합시다."

늙은 대신이 건배 제의를 하자 사람들은 모두 술잔을 치켜들었다. 테세우스가 들고 있는 술잔에는 이미 바곳의 독이 들어 있었다. 메데이아는 테세우스를 보면서 마음속으로 조급하게 중얼거렸다.

'빨리 마셔라. 단번에 들이켜.'

아이게우스는 테세우스를 차마 바라보지 못한 채 고개를 숙이고 있었다. 서로의 눈을 마주치며 건배해야 하는데도 말이다.

테세우스는 도저히 참을 수가 없어서 술잔을 내려놓았다.

'안 되겠다. 지금이라도 내 정체를 밝혀야겠어.'

이것이 자신을 환영하는 건배가 되어야 하기 때문이다.

"대왕이시여, 이 자리에서 제가 밝힐 것이 있습니다."

"무엇이냐?"

사람들은 술렁거렸다.

"제가 차고 있는 이 칼을 보십시오."

테세우스는 청동검을 풀어서 식탁 위에 요란하게 올려놓았다. 사람들은 모두 그 칼을 보았다. 오래된 검이었다. 그 청동검을 본 아이게우스는 깜짝 놀랐다.

"아니 이 칼은?"

바로 자신의 청동검이었다.

"이건 내가 오래전 트로이젠에 숨겨놓았던 칼이다. 그렇다면……."

아이게우스는 눈길을 아래로 내려뜨렸다. 그러자 자신의 샌들을 신고 있는 테세우스의 다리가 보였다. 그의 샌들은 끊어지지 않게 가장 튼튼한 물소 가죽으로 만들었으며 두 겹으로 매듭을 묶은 최고급품이었다. 그는 단번에 자신의 샌들을 알아보았다.

그 순간 아이게우스는 술을 들이켜려고 하는 테세우스의 팔을 툭 쳤다. 술잔은 쩽그렁 소리와 함께 나뒹굴었다. 아이게우스는 그대로 달려가 테세우스를 끌어안았다.

"아들아, 네가 정녕 내 아들이구나."

사람들은 모두 놀라서 비명을 질렀다.

"이게 어찌 된 일입니까?"

"무슨 일이지?"

"왕의 아들이라니?"

메데이아는 자신의 계략이 수포로 돌아갔다는 것을 깨달았다. 아이게우스가 정신을 차리면 아들을 죽이려 했던 자신을 용서할 리 없었다. 메데이아는 황급히 아테네 성 밖으로 나와 멀리멀리 동쪽으로 달아났다.

하지만 그 누구도 메데이아에게 관심이 없었다. 사람들은 모두 새로 나타난 왕자에게 열광했다.

"왕자님이 나타났어. 이런 놀라운 이야기가 있을 수 있단 말인가."

"16년 만에 왕자님이 돌아오다니. 이건 올림포스의 신들이 내린 축복이야."

나그네를 환영하는 잔치는 순식간에 왕자님을 맞이하는 잔치로 바뀌었다. 아이게우스는 기쁨에 들떠 모든 시민들이 모인 자리에서 테세우스를 후계자로 선포했다.

　며칠 동안 잔치가 이어졌다. 아테네의 왕이 될 젊은 영웅을 위해 도시는 온통 꽃으로 장식되었다. 계단마다 불을 밝혔고 수없이 많은 황소들을 신전에 제물로 바쳤다. 테세우스가 이룬 놀라운 위업을 듣고 모든 사람들이 즐거워했다. 이웃 도시 사람들도 기뻐하며 그에 대한 노래를 만들어 불렀다. 아이게우스의 아들 테세우스가 나타난 것을 축하하는 흥겨운 잔치가 끊임없이 이어졌다.

7

영웅의 탄생

테세우스와 아테네 시민들은 모두 큰 기쁨에 빠졌다. 아버지를 만나기까지 16년간 힘들게 살아온 테세우스의 이야기는 이미 감동 그 자체였다. 트로이젠에서 아테네까지 먼 길을 오는 과정도 대단한 영웅담이었다. 하지만 얻는 것이 있으면 잃는 것도 있는 법이다.

그때 크나큰 충격에 빠져 어찌해야 할지 모르는 사람들이 있었다. 바로 팔라스와 그의 아들들이었다. 그들은 아이게우스에게 아들이 없으니 자신들이 나라를 고스란히 차지할 줄 믿고 있었다. 갑자기 아들이라고 나타난 영웅을 향한 증오심이 하늘을 찌를 수밖에 없었다.

"어디서 굴러먹던 녀석이 우리의 앞날을 망치는 거야?"

"맞아. 아이게우스는 딸만 낳았잖아. 그런데 갑자기 아들이 나타나다니? 사기꾼 아냐?"

"속임수가 분명해."

쉰 명의 아들들이 떠들어대니 그 소리도 와글와글했다. 그들의 혼란은 서서히 증오로 변해갔다.

"저들이 우리를 속이고 있는 거야."

"간특한 자들 같으니라고."

"맞아. 이대로 놔둘 수 없어. 응징해야 해."

팔라스와 아들들은 아테네의 왕위를 차지할 날만을 학수고대하고 있었는데 모든 것이 물거품이 되었다. 그들이 야욕을 숨기지 않고 곧 전쟁을 일으키리라는 소문이 번졌다. 전쟁 분위기가 무르익기 시작했다.

"이대로 당할 수는 없다. 우리에게도 힘이 있다는 것을 보여주자."

아테네 시민들도 모두 궐기하여 나섰다. 전쟁은 이제 선택이 아닌 필수가 되었다. 테세우스도 가만히 있지 않았다.

"아버지, 저에게 맡겨주십시오."

"아들아, 너의 능력을 시험할 때가 왔다."

아이게우스는 테세우스를 총사령관으로 임명했다. 테세우스는 난생처음 한 나라의 군대를 책임지는 자리를 맡았지만 조금도 당황하지 않았다. 그는 타고난 영웅이었다.

테세우스는 높은 곳에 올라가 주변의 지형지물을 살피면서 지도를 가져다놓고 연구한 결과 이런 결론을 내렸다.

"전쟁으로 아름다운 아테네를 망가뜨릴 수는 없습니다. 저들이 우리

성까지 오기 전에 길목에서 모두 처단해야 합니다."

"그거 좋은 생각이다."

적군이 들어올 길목마다 진지를 쌓고 있을 때였다. 경계병이 적진에서 온 사람 하나를 끌고 왔다.

"수상한 자가 나타나서 데려왔습니다."

"너는 어디서 온 누구냐?"

수상한 자는 무릎을 꿇고 앉아 자신을 소개했다.

"저는 네오스라고 합니다. 아테네 군대의 총사령관에게 전할 말이 있습니다."

테세우스가 앞으로 나서며 말했다.

"나에게 무슨 말을 하고 싶은 것인가?"

"저는 아테네를 사랑하는 사람입니다. 저는 팔라스 군대의 상황을 알려드리려고 왔습니다."

대개의 전쟁에는 첩자들이 많은 법이다. 그래서 수상한 자들의 말을 함부로 믿을 수는 없지만, 일단 이야기를 들어보기로 했다.

"저는 전쟁으로 아테네가 멸망하고 폐허가 되는 것을 결코 원하지 않습니다. 그들의 작전이 너무나 교활하기에 그것을 미리 알지 못하면 당신들은 막을 수가 없습니다."

"어떤 작전인지 말해보거라."

"팔라스와 아들들 절반은 선발대를 이끌고 스페투스 방면에서 공격해 들어올 것입니다. 그리고 나머지 절반은 가르게투스에 머물러 있을 것입니다. 군사들을 반반으로 나눈 것입니다. 스페투스에서 싸우다가 도망치면 당신들은 그들을 쫓아갈 것입니다. 그렇게 당신들이 성을 비우면 가르게투스에 숨어 있던 병사들이 아테네로 진군해 무주공산처럼 차지할 계획입니다."

전쟁에서 흔히 쓰는 수법이었다. 동서고금을 막론하고 성을 공략하는 고전적인 전략이었다. 테세우스는 거짓이 아님을 알 수 있었다.

"좋다. 군사들 일부는 스페투스 방면에서 오는 적군을 막아라."

거침없는 명령을 듣고 부하 장수 하나가 물었다.

"총사령관께서는 어찌할 것입니까?"

"나는 나머지 군대를 이끌고 가르게투스로 가겠다."

테세우스의 작전은 주효했다. 아테네 군사들은 매복하고 있던 적들을 먼저 공격해서 완전히 무찔렀다. 가르게투스에 숨어 있던 팔라스의 군사들이 패배하자, 스페투스에서 공격할 준비를 하던 군사들도 모두 도망쳤다.

첫 전쟁에서 크게 승리한 테세우스는 다시금 영웅으로 칭송받았다. 아테네 시민들은 더욱더 열광하며 그를 찬양했다.

하지만 영웅에게 모험은 끝이 없는 법이다. 전투가 끝나자마자 곧이어 전령 하나가 황급히 달려왔다. 마라톤 평원에서 온 전령이었다.

"무슨 일이냐?"

"황소 한 마리가 미쳐 날뛰며 주민들에게 피해를 주고 있습니다."

"뭐라고? 어떤 황소이기에 사람들이 잡지 못하는 것이냐?"

"헤라클레스가 잡아 온 황소인데 에우리스테우스 왕의 명으로 마라톤에 풀어주었던 것입니다."

"지금까지 얼마나 큰 피해를 입었느냐?"

"벌써 수백 명이 황소의 뿔에 받쳐 죽었습니다."

"고작 황소 한 마리를 잡지 못해 수백 명이 죽었다는 것이냐?"

"이 황소를 잡을 수 있는 사람은 헤라클레스뿐입니다."

테세우스는 헤라클레스의 위력을 이미 들어 알고 있었다.

"좋다. 그렇다면 내가 가서 잡아보겠다."

테세우스는 아버지에게 가서 자신의 계획을 말했다.

"아버지, 제가 가서 그 황소를 잡아 이 모든 걱정을 해소시켜드리겠습니다."

그러나 아이게우스는 걱정스러웠다. 늙마에 얻은 아들이 혹시라도 황소에게 죽임을 당할까 봐 불안했다.

"아들아, 헤라클레스밖에 잡을 수 없다는 황소를 네가 처치할 수 있겠느냐?"

"제가 가야만 합니다. 이것이 저의 과업입니다."

"오랜 세월이 지나서 겨우 만난 너를 다시 보내야 하다니 너무나 가슴이 아프구나."

아이게우스가 아들에게 연연하는 것을 보자 신하 하나가 나서서 말했다.

"대왕께서는 훌륭한 아드님을 보내기 안타까워하시지만, 진정한 영웅을 곁에 두고 감싸는 것은 더욱 나약하게 만드는 일입니다."

"그렇지는 않다."

신하는 계속 말을 이었다.

"오히려 영웅은 담금질을 해서 더 강한 영웅으로 만들어야 합니다. 지금 그 황소를 죽일 사람은 아무도 없습니다. 황소가 제멋대로 날뛰며 백성들을 죽이고 위험에 빠뜨리는데도 그냥 두고 보는 것은 영웅으로서 도리가 아닙니다."

아이게우스는 크게 깨달았다.

"알았다. 백성들의 어려움을 해결해주는 것이 왕의 할 일이다. 아들아, 떠나거라."

"네, 아버지. 다녀오겠습니다."

그렇게 해서 테세우스는 다시금 방랑길에 나섰다.

길 위의 영웅인 테세우스는 자기도 모르게 콧노래를 흥얼거렸다. 역시 바깥에서 외적들을 물리치는 것이 영웅의 본모습인 법이다.

해가 질 무렵 테세우스는 펜테리콘 산기슭의 오두막에서 신세를 지기로 했다.

"지나가던 나그네인데, 하룻밤 재워주십시오."

문을 열고 나온 것은 가난한 노파였다.

"잘생긴 청년이 어찌하여 이런 곳까지 왔소? 일단 들어오시오."

당시 그리스에서는 지나가는 나그네들을 보호하고 대접하는 것이 불문율이었다. 왜냐하면 그들도 언젠가는 자신들이 살던 나라를 떠나 나그네가 될 수 있기 때문이다.

노파의 이름은 헤칼레였다. 테세우스가 가져간 음식을 나눠 먹으며 자신의 이야기를 하자, 헤칼레는 깜짝 놀라며 말했다.

"당신같이 아름다운 젊은이가 왜 황소와 싸우는 데 목숨을 바치려는 것이오?"

"이것은 제가 해야 할 일입니다. 걱정하지 않으셔도 됩니다."

다음 날 아침 테세우스가 떠나려 하자 헤칼레는 한 가지 약속을 했다.

"젊은 영웅이 살아 돌아온다면 내가 숫양 한 마리를 제우스 신에게 제물로 바치겠소. 꼭 무사히 돌아오시오."

젊은 테세우스가 다시는 돌아오지 못하리라는 생각에 헤칼레는 눈물까지 흘렸다.

테세우스는 떠나면서 말했다.

"저에게 베푼 은혜는 절대 잊지 않겠습니다."

마침내 테세우스는 마라톤 들판에 다다랐다. 커다란 황소는 마치 테세우스가 오기를 기다리고 있었던 것처럼 불길을 내뿜는 듯한 눈으로 벌판 한가운데 서 있었다.★

"어서 덤벼라."

테세우스가 입고 있던 옷을 벗어서 휘두르며 소리를 지르자 황소는 있는 힘껏 지축을 흔들며 달려왔다. 강철 같은 뿔을 단번에 테세우스의 가슴에 꽂아 넣으려는 것이었다. 하지만 테세우스는 펄쩍 뛰어올라 황소의 등에 올라탔다. 그는 양쪽 뿔을 잡은 채 두 다리로 황소의 목을 조이기 시작했다. 황소는 등 위에 찰거머리처럼 달라붙은 테세우스를 떨어뜨리려고 미친 듯이 발버둥치다 지쳐 쓰러지고 말았다.

테세우스는 땀범벅이 된 몸으로 일어나 황소의 양쪽 뿔을 묶어 일으켜 세우고 아테네로 끌고 왔다.

"너를 아테나 여신에게 제물로 바쳐야겠다."

테세우스가 황소를 끌고 도착하자 아테네 시민들은 모두 기뻐 날뛰었다. 황소에게 죽임을 당할 줄 알았던 테세우스가 살아 돌아오자 모두 환호하며 아테나 여신의 제단에 황소를 바쳤다.

그러나 행복이 있으면 불운이 뒤따르는 법이다. 테세우스의 앞날에 좋은 일만 있는 것은 아니었다. 수년 전의 사건이 도화선이 되어 테세우스를 위협했다.

테세우스가 트로이젠에 살던 무렵 아테네에서 대규모 운동 경기가 열렸다. 많은 청년들과 영웅들이 참가했는데 그 가운데는 크레타 미노스 왕의 아들 안드로게오스도 있었다. 그는 강력한 미노스 왕의 아들답게 압도적인 능력을 보여주며 모든 경기에서 1등을 차지했다. 이때 아테네 사람들은 그를 마뜩잖아하며 흠집을 잡고 싶었다.

그때 아이게우스가 그에게 말했다.

"네가 모든 종목에서 1등을 거둔 것은 대단한 일이다. 하지만……."

여기서 잠깐!!

일설에 의하면 테세우스는 달려드는 황소를 그저 가뿐히 뛰어넘었다고 해. 그러자 화가 난 황소가 다시 달려들고 또 뛰어넘기를 반복했대. 이렇게 수십 차례를 하자 마침내 황소는 지쳐 쓰러진 거야. 테세우스는 힘 하나 들이지 않고 황소를 굴복시킨 셈이지. 여기에서 투우가 생겨났다는 설도 있어. 중요한 것은 힘으로만 덤벼드는 상대를 지혜의 상징인 테세우스가 꾀로 제압했다는 거야. 이때 테세우스는 이 황소로 평원을 갈아서 옥토로 만들었는데, 그게 바로 마라톤 평원이야. 이곳은 기원전 490년에 아테네가 페르시아군을 격퇴한 무대이기도 하지. 이때 전령인 페이디피데스가 마라톤에서 아테네까지 40킬로미터 남짓한 길을 달려가 승리했다고 외친 후 죽었어. 이것이 오늘날 마라톤 경기의 기원이야.

그러자 안드로게오스가 반박하듯 되물었다.

"하지만 뭡니까? 내가 최고의 우승자라는 것을 인정할 수 없다는 뜻인가요?"

"네가 진정한 우승자라면 경기장에서 이기는 것뿐만 아니라 마라톤의 황소까지 죽일 수 있어야 한다."

안드로게오스는 아테네 시민들이 모두 자신을 쳐다보는 가운데 마라톤으로 달려갔다. 황소는 기다렸다는 듯 뿔을 들이대며 달려왔다. 그는 황소의 뿔을 잡고 버텼지만 엄청난 힘을 당할 수가 없었다. 그는 뒤로 밀리고 밀리다 결국 황소의 뿔에 받혀 죽고 말았다.

경기에 참여하러 온 왕자가 죽었다는 소식은 이내 크레타의 미노스 왕에게 전해졌다. 아들을 잃은 미노스는 모든 사연을 듣고 나서 이를 갈며 말했다.

"아테네 놈들에게 보복하고 말겠다. 내 귀한 아들을 죽음으로 내몰다니 그 이상의 대가를 치르게 할 것이다."

미노스 왕은 전쟁을 준비했고, 마침내 크레타의 전함들이 팔레론 앞바다에 모습을 드러냈다. 미노스의 군대는 재빨리 상륙해 아테네를 향해 진군했다. 아테네 시민들은 설마 이렇게 빨리 전쟁이 일어날 줄은 몰랐다.

아무런 준비도 하지 못한 아테네 시민들은 성안으로 피신하는 수밖에 없었다. 미노스의 군대는 어렵지 않게 성을 포위했고 공성전을 시작했다. 이때 굶주림과 질병으로 아테네 성안에서는 지옥의 장면이 연출되었다. 사람이 사람을 잡아먹었고 오줌과 사람의 피로 갈증을 해소할

지경이었다.★ 견디다 못한 아테네 사람들은 제물을 바치고 신탁을 받아보기로 했다. 사제가 신탁을 전했다.

"너희가 이러한 고통을 받는 것은 신들이 내린 벌이다. 안드로게오스를 마라톤에서 죽게 만든 벌. 미노스 왕의 요구를 들어주어야 한다."

아테네는 협상을 위해 사신을 미노스에게 보냈다. 미노스는 당당하게 요구 조건을 말했다.

"너희는 금쪽같은 나의 아들을 죽음으로 내몰았다. 우리 크레타에 미노타우로스라는 괴물이 있으니 너희가 그 제물을 바쳐야 한다."

"어떤 제물을 바치란 말입니까?"

"매년 잘생기고 훌륭한 젊은 남녀를 각각 일곱 명씩 뽑아서 우리에게 보내라. 수년간 이것을 반복하면 호의를 베풀겠다."

아테네는 신탁에 따라 말도 안 되는 제안을 받아들일 수밖에 없었다.

미노타우로스에 대한 소문은 이미 널리 퍼져 있었다. 머리는 황소인데 몸은 사람인 반인반수로 사람을 잡아먹는 무서운 괴물이었다.

일설에 의하면 전쟁이 너무 오래 지속되어 지겨워진 미노스가 제우스 신에게 아테네 사람들을 벌해달라고 기원했대. 제우스가 소원을 들어줘서 성안에 기근과 역병이 돌았다는 거야. 그래서 아테네 사람들이 신탁을 받은 결과 항복하라고 했다는 거지. 지금의 시각에서 보면 좁은 성안에 오랜 기간 많은 사람들이 모여 있으니 자연스럽게 괴질이 돌고 음식이 부족해진 것 같아.

이 괴물을 아무도 처치할 수 없었던 이유는 미궁에 살고 있기 때문이었다. 미궁에 한번 들어간 사람은 결코 빠져나올 수 없었다. 그를 죽이러 간 사람들은 모두 미노타우로스를 만나기도 전에 미로에서 굶어 죽거나 얼어 죽었다.

그런 일이 3년째 이어지고 있을 때 테세우스가 나타난 것이었다. 아직 아테네에 온 지 얼마 되지 않은 테세우스는 이러한 사실을 뒤늦게 알게 되었다. 왜냐하면 아이게우스가 일부러 숨겼기 때문이다. 테세우스가 알게 되면 젊은 혈기에 당장 괴물을 잡으러 크레타로 떠날 것이 뻔했다.

하지만 이 사실은 결국 테세우스의 귀에까지 들어갔다. 더구나 크레타로 보낼 제물로 뽑힌 젊은이들의 부모들이 테세우스에게 항의했다.

"왜 우리 아들이 가야 한단 말입니까? 일반 백성들의 자녀들만 매년 미노타우로스의 제물이 되어야 하는 이유가 무엇입니까?"

무슨 영문인지 몰랐던 테세우스는 자신의 귀를 의심했다. 하지만 자초지종을 듣고 나서 분연히 일어났다.

"내가 크레타로 가겠다."

테세우스는 진정한 영웅이었다. 목숨을 걸어야 하는 일에 두려움으로 주저하는 법이 결코 없었다.

"내가 가서 죽는다면 나도 너희와 다를 것 없는 사람이라는 것을 증명하게 된다. 하지만 나는 반드시 결판을 내고 이러한 굴레에서 너희를 해방시킬 것이다. 더 이상 희생을 치르지 않도록 하겠다."

사람들은 테세우스야말로 진정한 영웅이라고 떠받들었다. 하지만 이 사실은 아이게우스의 귀에까지 들어갔다.

"대왕이시여, 왕자님께서 미노타우로스★를 처단하러 가시겠다고 합니다."

"뭐라고? 누가 그 이야기를 했느냐? 내가 함구하라고 그렇게 일렀거늘."

"시민들에게 이야기를 듣고 알게 되신 듯합니다."

"당장 테세우스를 불러라. 내가 가지 못하게 할 것이다."

그때 마침 테세우스가 문을 열고 들어왔다.

"아버지, 제가 미노타우로스의 제물로 가겠습니다."

"안 된다. 너는 아테네의 미래를 책임져야 할 사람이다."

"비겁한 군주를 어느 백성이 따르겠습니까? 저를 보내주십시오. 제가 반드시 괴물을 처치하고 오겠습니다."

테세우스는 이미 자신이 갈 길을 정하고 말하는 것이었다. 아이게우스는 아들의 의지를 꺾지 못했다.

여기서 잠깐!!

미노타우로스는 미노스의 왕비인 파시파에가 낳은 아들이야. 파시파에는 아주 음란한 여자였어. 다이달로스에게 황소 모형을 만들어달라고 해서 그 안에 들어가 소와 관계를 맺고 낳은 아들이 반인반수의 미노타우로스야. 그런 괴물이 나오니 미노스 왕은 너무 수치스럽고 무서워서 미궁을 지어서 가두었다고 해.

"제비뽑기는 필요 없습니다. 저와 함께 갈 힘 좋고 용맹한 젊은이 둘을 직접 뽑겠습니다. 이번에는 희생 제물이 아니라 미노타우로스를 잡으러 가는 것이니 용사가 필요합니다."

테세우스는 체격 좋고 힘센 청년 둘을 여장을 시켜서 들여보낼 계획이었다.

"미노스 왕은 의심이 많다고 한다. 우리는 지금부터 여자의 걸음걸이와 태도를 배우고 연습해야 한다. 머리도 여자처럼 꾸며라."

그리하여 청년 둘은 여자의 행동거지를 연습했다. 키가 훤칠하고 근육이 있는 여자로 변신한 것이다.

마침내 제물로 바쳐질 젊은이들이 크레타로 떠나는 날이 되었다.

그들은 아폴론 신전에 가서 맹세의 가지를 바쳤다. 올리브 나무를 잘라 만든 신성한 가지였다. 그들은 신에게 기도한 뒤 배에 올랐다. 테세우스는 두려움에 떨고 있는 젊은이들에게 말했다.

"아무것도 두려워하지 마라! 너희는 나와 함께 살아 돌아올 것이다."

아테네 시민들에게도 큰 소리로 외쳤다.

"걱정하지 마라. 죽더라도 내가 죽을 것이다. 이 젊은이들을 모두 무사히 데리고 돌아올 것이다."

하지만 미노타우로스가 얼마나 무서운 괴물인지 익히 알고 있는 부모들은 울부짖었다. 여기저기서 통곡하는 소리가 울려 퍼졌다. 모든 시민들이 슬픔에 빠졌다.

"영웅이신 왕자님이 나타나 기뻐했는데, 또다시 죽음의 길로 나서야 하다니. 우리는 왜 이렇게 불운한 것인가."

아테네의 희망인 테세우스가 괴물에게 죽임을 당할까 봐 두려웠다.

아버지 아이게우스는 더욱더 불안했다. 테세우스가 분명히 희생되고 말 것이라는 두려움과 살아 돌아올 수 있다는 희망이 교차했다. 배가 떠나려 할 때 아이게우스는 희망의 색깔인 흰 돛을 테세우스에게 건네주었다.

"괴물을 처단하고 돌아올 때는 이 흰 돛을 달고 오너라. 그래야 먼 곳에서도 너의 안위를 알지 않겠느냐?"

"알겠습니다, 아버지. 반드시 승리의 흰 돛을 달고 돌아오겠습니다."

테세우스와 젊은 용사들은 배를 타고 크레타를 향해 먼 바다로 나아갔다.

8

미궁에서

며칠간의 항해 끝에 마침내 테세우스와 젊은이들은 크레타섬에 상륙했다. 미노스 왕은 이미 공주 아리아드네와 신하들을 거느리고 항구에 나와 있었다. 미노스는 제물들을 하나하나 유심히 살펴보았다.

테세우스는 여자로 변장한 용사들이 발각될까 봐 긴장했다. 하지만 미노스는 나이가 있어서인지, 눈이 어두워서인지 여장한 용사들을 미처 알아보지 못했다. 미노스는 의심하지 않고 그들을 가둬둘 감옥으로 데려가려고 했다.

그때 미노스는 아름다운 여인 하나를 발견했다.

"잠깐. 거기 서보거라. 저 여인을 내 앞으로 데려오너라."

미노스는 에리보에아를 무릎에 앉히고 어루만지며 말했다.

"너는 참으로 아름다운 여인이로구나. 괴물에게 바치기는 아깝다."

미노스가 에리보에아의 뺨을 어루만질 때였다.

테세우스가 용감하게 나서며 말했다.

"체통을 지키십시오. 우리는 이곳에 제물로 온 것이지, 당신의 노리개가 되려고 온 것이 아닙니다. 명예롭게 죽도록 해주십시오."

미노스는 정곡을 찌른 말에 분노가 치솟았다.

"네놈이 감히 나한테 이래라저래라 하는 것이냐? 나는 크레타의 왕이니라."

"왕이라고 해서 우리를 모욕할 권리가 있는 것은 아닙니다."

"나는 제우스 신의 아들이다. 네가 그것을 모르는구나."

"이 세상 천지에 제우스 신의 아들이 아닌 자가 어디 있습니까?"

미노스는 이토록 당돌한 자를 본 적이 없었다. 자기 나라 백성이었다면 벌써 죽이고도 남았겠지만 제물을 함부로 손댈 수는 없었다.

"좋다. 그렇다면 내가 한 가지 보여주지."

미노스는 자신의 위력을 확실히 보여줄 기회라고 생각했다. 그는 바닷가 높은 곳에 올라서더니 양팔을 하늘로 뻗으며 외쳤다.

"신들의 왕이신 제우스여! 제가 당신의 아들이라는 것을 보여주십시오."

그러자 구름 한 점 없던 하늘에서 마른번개가 쳤다. 이를 본 모든 사람들이 두려움에 떨었다. 제우스가 자기 아들임을 증명해준 것이다. 테세우스도 당황했다. 미노스가 제우스의 아들이라면 자신의 계획이 제대로 이루어지지 않을 수도 있었다. 하지만 그는 담대한 영웅이었다. 그런 것으로 절대 기죽지 않았다.

"하하하! 당신이 제우스 신의 아들인지는 모르겠지만 나에게는 그다지 중요하지 않습니다. 왜냐하면 나도 포세이돈 신의 아들이니까요."★

포세이돈의 영역은 바다였다. 제우스도 함부로 하지 못하는 것이 바다의 신 포세이돈이다.

"하하하!"

미노스가 이번에는 배를 잡고 웃음을 터뜨렸다.

"너 따위가 어디서 포세이돈 신을 들먹이느냐? 포세이돈 신의 아들이라면 어디 증명해보거라."

"무엇으로 증명해 보이면 되겠습니까?"

테세우스는 정당한 대접을 받으려면 미노스의 기세를 꺾어놓아야 한다는 생각이 들었다.

잠시 고민하던 미노스는 손가락에 끼고 있던 반지를 빼냈다.

"자, 이 반지를 네가 찾아올 수 있다면 포세이돈 신의 아들이라는 것을 인정하겠다."

그는 보석이 박힌 반지를 바다를 향해 힘껏 던져버렸다.

"좋습니다. 내가 반지를 찾아오겠습니다."

테세우스는 그 자리에서 바다로 뛰어들었다. 그런데 꽤 시간이 지났는데도 그가 떠오르지 않고 종적이 묘연했다. 살아 있다면 떠올라야 할 시간이었다.

미노스가 말했다.

"이런! 미노타우로스의 먹이가 부족해서 어쩐다? 죽어서 떠오른 시체는 먹지 않을 텐데. 하하하!"

크레타 사람들 모두 웃음을 터트렸다. 제물로 온 아테네의 젊은이들만 불안에 떨고 있었다. 테세우스만 믿고 있었는데 제물로 바쳐지기도 전에 바다에 빠져 죽었단 말인가?

이때 신의 뜻은 또 다른 곳에서 전혀 엉뚱하게 얽히고 있었다. 제물로 온 젊은이들을 보러 나왔던 미노스의 딸 아리아드네는 어쩔 줄을 몰랐다. 그녀는 배에서 내리는 테세우스를 본 순간 아름다운 모습에 반해버렸다. 게다가 용감한 말투와 태도에 완전히 마음을 빼앗기고 말았다.

아리아드네의 가슴속에서 사랑이 불타올랐다. 이것 또한 아프로디테가 미리 아들 에로스를 보냈기 때문이다. 에로스의 화살이 가슴에 꽂힌 공주는 테세우스가 죽었다고 생각하며 남몰래 눈물을 닦아냈다.

한편 물 밖의 상황은 알 리 없는 테세우스는 물속에서 환대를 받았다. 돌고래들이 그를 감싸안아 포세이돈의 궁으로 인도했다. 바닷

여기서 잠깐!!

신화에서는 아이게우스의 아들이라고도 하고 포세이돈의 아들이라고도 해. 아마 후세의 사람들이 테세우스의 격을 높이려고 제우스에 버금가는 포세이돈을 끌어들인 것 같아. 사실 우리나라 사람들도 다 김씨, 이씨, 박씨 등 큰 성씨의 자손이면서 동시에 단군의 자손이라고 하는 것과 같은 개념이라고 보면 돼.

속 화려한 궁전으로 들어가자 제우스의 동생이자 위대한 권력자인 포세이돈이 그를 기다리고 있었다. 용궁은 화려했고, 각종 해초와 인어들이 노래를 불렀다. 왕좌에는 포세이돈과 함께 왕비 암피트리테가 나란히 앉아 있었다. 뿐만 아니라 트리톤을 비롯하여 수많은 바다의 신과 요정들이 그를 옹위하고 있었다.

"어서 오너라, 나의 아들, 테세우스. 네가 어찌하여 바닷속까지 나를 찾아왔느냐?"

테세우스는 자초지종을 이야기했다.

"바다에 빠진 반지를 찾으러 왔습니다."

"하하하, 별거 아니구나. 얘들아, 가서 그 반지를 찾아오너라."

포세이돈의 아들이자 전령인 트리톤은 벌떡 일어나 명령을 받들었다.

트리톤이 바다의 요정 네레이스를 여러 명 데리고 잠시 사라진 사이에 포세이돈은 테세우스와 이런저런 이야기를 나눴다.

한참 뒤에 네레이스가 반지 하나를 들고 나타났다.

"반지를 찾아왔습니다."

반지를 건네받은 테세우스가 말했다.

"반지를 찾았으니 이만 돌아가겠습니다."

그러자 암피트리테가 황금 머리띠를 테세우스의 머리에 얹어주었다.

"인간이 물속에 너무 오래 있어도 좋지 않다. 어서 물 밖으로 내보내라."

포세이돈의 명령에 따라 트리톤과 네레이스가 테세우스를 눈 깜짝할 사이에 물 위로 이끌고 나갔다.

바닷가에 있던 사람들은 한 식경이 지나자 더 이상 테세우스를 기다리지 않고 모두 돌아가려고 했다. 크레타 사람들은 제물로 온 젊은이들을 모욕하고 있었다.

"너희 중에 하나는 바다에 빠져 죽었다."

"너희는 이제 감옥에 들어가서 제물로 바쳐지기를 기다려야 한다."

"아까운 왕의 반지만 없어졌군그래."

그때였다. 바다에서 거품이 일더니 테세우스가 숨비소리를 내며 머리를 내밀었다.

"푸우!"

마치 돌고래가 공중에 뛰어오르는 듯한 모습이었다.

"저기 봐! 테세우스가 돌아왔다."

아테네의 젊은이들은 모두 기뻐하며 물 밖으로 나온 테세우스에게 달려갔다.

"어디 다친 데는 없습니까?"

"무사한 거죠?"

테세우스는 바다의 정기를 받아 더욱더 환한 얼굴이었다. 게다가 이마에는 황금으로 만든 나뭇잎 모양의 머리띠를 쓰고, 손에는 미노스 왕의 반지를 들고 있었다.

"자, 내가 포세이돈 신의 아들이라는 것을 증명했습니다. 반지는 여기 있습니다."

미노스는 깜짝 놀랐다. 그는 그제야 테세우스가 무서운 영웅임을 알았다.

궁으로 돌아간 미노스는 아테네의 젊은이들을 가두고 신하들에게 말했다.

"미노타우로스가 저놈부터 맛있게 먹어치우도록 가장 먼저 들여보내라. 오래 살려두면 안 되겠다."

이 말을 옆에서 듣고 있던 아리아드네는 눈물을 흘렸다. 하지만 아버지가 무서워 아무 말도 할 수 없었다. 아리아드네는 사랑하는 남자가 곧 죽게 된다는 사실에 흐느끼며 신들에게 기도를 올릴 뿐이었다. 자기 방으로 돌아온 아리아드네는 여동생 파이드라에게 털어놓았다.

"안타까운 젊은이들이 죽게 되었으니 어쩜 좋니?"

그러나 파이드라는 이해할 수 없다는 듯이 말했다.

"언니, 새삼스럽게 왜 그래? 제물들이 미노타우로스의 먹이가 된 것은 어제오늘 일이 아니잖아. 한두 명도 아니고 앞으로도 계속 그럴 텐데 그때마다 이렇게 슬퍼할 셈이야?"

"그게 아니야, 파이드라. 이번에는 달라. 나도 그들을 따라 죽고 싶은 심정이야."

"무슨 일 있었어?"

"테세우스라는 사람 때문이야. 가장 먼저 제물로 바쳐질 아테네의 젊은이 말이야."

언니가 사랑에 빠졌다는 것을 알고 파이드라는 언니를 어떻게든 단념시키려고 했다.

"언니, 제정신이야? 아버지가 아시면 가만 안 있을 거야."

"하지만 미노타우로스에게 사랑하는 사람을 보낼 수는 없어."

"언니, 미노타우로스가 어떤지 잘 알잖아. 그 사람을 어떻게 살리겠다는 거야?"

"그러니까 도와줘. 너의 도움이 필요해."

"불가능해. 이건 다이달로스가 온다 한들 해결할 수 없어."

그 순간 아리아드네는 머릿속이 번쩍이는 듯했다.

"그래, 다이달로스라면 방법을 알 거야."

아리아드네는 당장 다이달로스에게 달려갔다.

다이달로스는 바로 미궁 라비린토스를 지은 아테네 사람이다. 그는 지상 최고의 예술가이며 건축가이자 발명가였다. 다이달로스는 고국인 아테네 사람들이 매번 제물로 바쳐지는 것을 보며 가슴 아파하던 터였다. 더구나 이번에는 테세우스 왕자까지 왔다고 하자 어떻게 해서든 돕고 싶었다.

"다이달로스, 나를 좀 도와줘."

아리아드네가 부탁하자 다이달로스는 기다렸다는 듯이 말했다.

"공주님, 저도 마침 공주님을 뵈러 가려고 했습니다. 우리 아테네에서 온 젊은이들을 도와주세요. 그들을 구하려면 공주님께서 나서주셔야 합니다."

다이달로스가 같은 생각을 하고 있었다니, 아리아드네도 기뻤다.

"이건 신의 뜻이군. 나도 그 일로 찾아왔어."

한마디로 공동의 목표를 가진 사람들이 만난 셈이었다.

다이달로스가 물었다.

"아까 바닷속에 들어갔다 나온 젊은이 보셨지요?"

"내가 그 사람을 마음에 품게 되었어."

"아, 신들의 뜻은 위대합니다. 바로 그분이 우리 아테네의 아이게우스 왕의 아드님인 테세우스 왕자입니다. 그는 이 세상 최고의 영웅입니다."

"어쩐지 남달라 보였어. 그런 영웅이라면 미노타우로스를 죽일 수 있지 않을까?"

"수많은 괴물을 해치웠으니 이번에도 충분히 해낼 수 있을 것입니다. 다만 제가 걱정하는 것이 있습니다."

"또 다른 걱정이 뭐야?"

"이 미궁을 만든 저의 손을 잘라버리고 싶은 심정입니다. 미노타우로스를 죽일 수는 있어도 미궁에서 빠져나올 수는 없기 때문입니다."

"그 궁은 아버지께서 당신에게 지으라고 명하신 거잖아."

"네, 맞습니다. 외부의 적들이 쳐들어올 수 없게 만든 것이지요. 저는 왕께서 그 궁에 사실 줄 알고 성심성의껏 만들었는데, 저런 괴물이 살면서 사람들을 잡아먹을 줄은 몰랐습니다."

"그러면 설계도를 줘. 그걸 보고 빠져나올 수 있을 거야."

"안 됩니다. 설계도만 가지고서는 빠져나올 수 없어요. 저 미궁★은 들어갈 수는 있어도 나올 수는 없게 만들었거든요. 미궁에는 수없이 많은 복도와 계단과 문들이 있습니다. 게다가 문들 사이에 담쟁이들이 자라 있어 어느 문으로 들어왔는지도 알 수 없습니다."

"아아, 그럼 어찌하면 좋아?"

공주가 좌절하며 흐느끼자 다이달로스가 조금 희망적인 목소리로 말을 이었다.

"방법이 하나 있긴 합니다. 공주님께서 테세우스 왕자님을 만나 물건 하나를 전해주세요. 저는 감옥에 접근할 수 없으니까요."

"걱정 마. 감옥이라면 내가 얼마든지 들어갈 수 있어."

공주의 신분이기에 그녀는 궁 안 어디든지 갈 수 있었다.

"그렇다면 이걸 테세우스 왕자님께 전해주세요."

다이달로스가 건넨 것은 실이 잔뜩 감긴 실패였다.

"이걸로 그분을 구할 수 있다고?"

"네, 그렇습니다. 이것은 질긴 명주실입니다. 이 실 끝을 미궁 입구에 꼭 매달아 놓은 다음에 이 실패를 들고 미궁 안으로 들어가라고 하십시오. 이 실을 따라 나오면 입구를 찾을 수 있습니다."

"정말 기발한 생각이군."

"테세우스 왕자님은 반드시 미노타우로스를 죽일 수 있을 것입니다. 그러니 실만 잘 갖고 들어가면 무사히 미궁을 빠져나올 수 있습

여기서 잠깐!!

미궁은 크노소스 궁을 말해. 지중해 한복판 크레타섬에 있어. 이 미궁 안에는 도시의 모든 시설과 행정관청이 들어서 있었어. 기원전 1900년에 지어졌다고 하니 유럽 최초의 문명인 미노스문명의 중심지라 할 수 있어. 방만 1000여 개에 달하고 7층 높이나 되는 엄청난 규모인 데다 상하수도는 물론 중수도까지 갖췄다고 해. 건물 중간에 구멍을 뚫어 빛이 고르게 들어오고 수세식 화장실까지 갖췄다는 거야. 이걸 보고 미개했던 육지의 그리스인들이 미로라고 여긴 것이 당연해. 이 미궁을 발굴한 사람은 아서 에번스라는 모험가야. 그는 기자이면서 문필가이자 고고학자였어. 40여 년간 발굴한 끝에 크레타문명의 존재를 밝혀냈지. 트로이아를 발굴한 하인리히 슐리만과 더불어 위대한 고대 문명의 존재를 알린 인물이지. 그 덕분에 그리스문명보다 더 오래된 크레타문명을 알게 된 거야.

니다. 하지만 테세우스 왕자님이 미노타우로스를 죽이고 살아 돌아오면 공주님도 위험해질 것입니다."

"걱정하지 마. 나는 테세우스 왕자와 함께 도망갈 거야. 나를 받아준다면 그분의 아내가 되겠어."

"정말 듣던 중 반가운 소리입니다. 공주님 같은 분이 우리 테세우스 왕자님의 배필이 된다면 더 이상 바랄 것이 없습니다. 아테네가 싫어서 이곳으로 떠나왔지만 동포들이 죽는 것을 더 이상 보고 있을 수 없습니다. 이제 저의 죄를 씻을 수 있을 것입니다. 그리고 고향에 돌아갈 수 있을 것 같군요. 고향 사람들을 위해 멋진 건물과 멋진 도로를 건설할 수 있게 해주세요."★

"알겠어. 꼭 뜻을 이루도록 기도할게."

아리아드네는 올 때와 달리 환한 얼굴로 돌아갔다. 그리고 밤늦은 시각에 시종과 함께 테세우스가 갇혀 있는 감옥으로 갔다.

"잠시 물렀거라."

감옥을 지키는 간수는 공주가 나타나자 자리를 비켜주었다. 아리아드네는 테세우스가 갇힌 방으로 조용히 다가가서 말을 걸었다.

"놀라지 마세요. 저는 미노스 왕의 딸입니다."

테세우스는 당황하지 않고 아름다운 공주의 모습을 바라보았다.

"공주님께서 무슨 일로 여기까지 오셨습니까?"

"저는 당신이 죽는 것을 차마 두고 볼 수가 없답니다."

"저는 죽지 않습니다. 걱정하지 마십시오, 공주님."

자신을 걱정해서 밤늦게 찾아왔다는 것만으로도 테세우스는 아리아드네에 대한 사랑의 감정이 싹트기 시작했다. 그는 속으로 생각했다.

'아프로디테 여신께서도 나를 도와주시는구나.'

테세우스는 사랑의 힘으로 어려움을 헤쳐 나갈 수 있을 것 같았다. 어둠 속에서 등잔에 비친 아리아드네의 얼굴은 여신보다 더 아름다웠다.

"공주님께서 미천한 저를 구하겠다고 여기까지 오시니 저로서는 더할 나위 없는 영광입니다."

그 순간 테세우스도 사랑에 빠졌다.

"가만히 앉아 있을 수가 없었어요."

"걱정하지 마십시오. 미노타우로스는 내일이면 내 손에 죽을 것입니다."

아리아드네가 간절한 마음으로 말했다.

"저도 믿어요. 당신은 성공할 거예요. 하지만 목적을 달성하더라도 그곳을 나오지 못하면 당신을 만날 수가 없지 않겠어요?"

"그게 무슨 말인가요?"

"미노타우로스가 살고 있는 미궁에 들어갈 수는 있어도, 거기에서 빠져나온 사람은 없습

여기서
잠깐!!

다이달로스는 이 일로 인해 나중에 왕에게 벌을 받아. 미궁에 갇히고 마는 큰 벌인데 다이달로스는 발명가답게 날개를 만들어 아들 이카로스와 함께 미궁을 빠져나와 하늘로 날아오르는 모험을 펼치지. 하지만 아직 청춘인 이카로스는 아버지 다이달로스의 경고를 무시하고, 더 높이 날고 싶다는 욕망에 빠져. 그래서 이카로스는 제멋대로 행동하게 되지. 청년의 혈기 왕성한 욕망은 때론 큰일을 해내지만 때로는 너무나도 비극적인 대가를 치르기도 해.

니다."

그 말을 듣고 테세우스는 당황했다. 미노타우로스를 죽일 생각만 몰두했지 그곳이 어떤 곳인지, 어떻게 빠져나오는지는 미처 생각해보지 못했다. 한마디로 적의 존재만 알았지 지형지물을 익히지 못한 것이다.

"어떻게 하면 빠져나올 수 있습니까?"

"이것을 받으세요."

아리아드네는 다이달로스에게 받은 실패를 내밀었다.

"이건 실패가 아닌지요?"

"맞아요. 미궁에 들어갈 때 입구에 실을 묶은 다음 실을 풀면서 들어가세요. 그리고 일을 마친 다음에는 실을 따라 되감으면서 나오면 입구를 찾을 수 있을 겁니다."

"그런 방법이 있었군요. 고맙습니다."

테세우스는 실패를 받아 소중히 간직했다. 실패를 건네주는 공주의 손이 살짝 닿았을 때 짜릿한 전율이 일었다.

"한 가지 부탁이 더 있습니다. 바깥으로 나오면 저를 두고 가지 말아주세요. 아버지가 이 사실을 아시면 저를 죽일지도 몰라요. 어디든 좋으니 저를 데리고 가주세요. 저를 아내로 맞아주신다면 저는 가장 행복한 여자가 될 겁니다."

"걱정하지 마십시오. 그대를 두고 가지는 않겠습니다."

그날 밤 사랑을 확인한 두 남녀는 희망을 품고 각자 잠자리에 들었다. 공주가 떠난 뒤 테세우스는 아프로디테에게 다시 한번 감사의 기도를 올렸다.

다음 날 아침이 되었다. 부하들을 거느리고 감옥에 나타난 미노스는 테세우스를 맨 먼저 끌어내라고 명령했다. 매일 한 명씩 제물로 바치는데 첫 번째 순서가 테세우스였던 것이다.

"네놈부터 들어가라."

테세우스는 당당하게 말했다.

"이 궁에 들어가는 사람은 내가 마지막이 될 것이다."

"너에게는 마지막이겠지. 매일 한 명씩 제물을 바칠 테니까."

왕의 부하들이 테세우스를 미궁으로 끌고 가서 문을 열고 집어넣었다. 바깥에서 문 닫는 소리가 들리자 테세우스는 실패를 꺼내 실마리를 문설주에 단단히 묶었다. 그리고 실을 풀면서 조심스럽게 앞으로 나아갔다.

미궁으로 들어가는 길은 참으로 복잡하고 어지러웠다. 때로는 지하로 내려가고 때로는 위로 올라가면서 갔던 길을 되돌아오기도 하고 꼬아서 비껴가기도 했다. 도무지 어떻게 왔는지 기억할 수 없었다. 게다가 길은 꼬불꼬불 뒤엉켜 있었다.

미로를 따라 계속 걸어 들어가자 마침내 궁이 나오더니 미노타우로스가 기다리고 있었다. 소처럼 침을 흘리며 제물로 바쳐진 인간이 들어오는 소리를 듣고 있던 미노타우로스는 당황했다. 건장한 청년이 들어왔기 때문이다. 그러나 이내 큰 소리로 외쳤다.

"네놈이 올해의 제물이로구나!"

황소의 머리를 가진 그는 뿔을 앞세워 번개 같은 속도로 테세우스를 향해 달려왔다. 테세우스는 슬쩍 비켜서며 괴물의 옆구리를 칼로 찔렀

다. 하지만 그 괴물 역시 신의 아들이었다. 칼이 몸속으로 들어가지 않는 것이었다.

"이런! 만만한 상대가 아니로구나."

"네놈이 감히 나에게 칼을 휘둘러?"

둘은 미궁 안에서 혈투를 벌였다. 테세우스의 칼이나 창으로는 미노타우로스의 가죽을 뚫을 수 없었다.

미노타우로스도 당황했다. 인간의 힘을 넘어서는 영웅의 힘은 처음 겪었기 때문이다. 밀리면 죽는 싸움이 한동안 이어졌다. 미궁이 뒤흔들릴 정도였다. 칼과 창으로는 안 된다는 것을 알게 된 테세우스는 괴물의 가장 약한 가슴 부분을 집중 공격하기로 했다. 그러려면 웅크리고 있는 몸을 붙들고 젖혀야 하니, 결국 맨손으로 싸울 수밖에 없었다. 테세우스는 있는 힘을 다해 밀어붙이는 미노타우로스의 뿔을 잡고 눈이 시뻘게지도록 힘을 주었다.

마침내 밀다가 잡아당기면서 헛발질을 하고 넘어지는 미노타우로스를 테세우스는 그대로 땅바닥에 내동댕이쳤다.

콰광!

미궁 전체가 흔들릴 정도로 육중한 소리가 났다. 쓰러진 미노타우로스 위에 올라탄 테세우스는 괴물의 팔과 몸통 사이의 약한 부분에 칼을 깊이 꽂아 넣었다. 심장이 잘리는 소리와 함께 피가 분수처럼 뿜어져 나왔다. 마침내 미노타우로스는 테세우스의 손에 죽음을 맞이했다.

죽은 미노타우로스를 보면서 테세우스는 거친 숨을 몰아쉬며 일어났다. 그러나 잠시 쉴 틈도 없이 또 하나의 과제에 맞닥뜨렸다.

'이제는 나갈 일만 남았구나.'

테세우스는 실을 실패에 다시 감으며 나왔다. 어느새 해는 뉘엿뉘엿 지고 있었다. 실은 자신이 전혀 생각지 못한 방향으로 계속 이어져 있었다. 실이 없었다면 그는 결코 미궁을 빠져나올 수 없었을 것이다.★

테세우스는 계속 실패를 부풀리며 걸음을 재촉했다. 마침내 실패에 실이 한껏 감기더니 미궁의 입구가 보였다. 테세우스는 문에 귀를 대어 보았으나 사람들 소리가 들리지 않았다.

'어찌 된 일이지?'

문을 살짝 두드리자 잠시 후 바깥에서 자물쇠를 여는 소리가 들렸다. 밖에는 꿈에도 그리던 아리아드네가 서 있었다.

"아, 당신이군요. 신이시여! 감사합니다."

아리아드네는 피투성이인 테세우스의 품에 와락 안겼다.

"공주님, 어찌 혼자 계십니까? 다른 사람들은 왜 보이지 않습니까?"

테세우스는 칼과 창을 겨누고 있던 사람들이 모두 사라진 것이 믿어지지 않았다.

"이 안으로 들어가서 살아 돌아온 사람이 없기 때문에 모두 궁으로 돌아가 버렸습니다. 그래서 저 혼자 기다리고 있었지요. 살아 돌아와 주셔서 감사합니다."

아리아드네는 테세우스의 품에 다시 꼭 안겼다. 아름다운 여인을 끌어안고 테세우스는 생명을 구해준 실패를 돌려주었다. '아리아드네의 실'이라는 말은 이때부터 어려움을 풀어나가는 방법을 뜻하게 되었다.

하지만 아직 안심할 때가 아니었다.

테세우스는 아리아드네에게 말했다.

"여기서 오래 지체할 수 없습니다. 어서 나머지 동료들을 구하러 가야 됩니다."

"그렇다면 저를 따라오세요."

아리아드네는 테세우스를 은밀히 안내했다. 제물로 바쳐질 나머지 청년들이 갇힌 감옥은 경비가 삼엄했다. 병사들이 창칼을 들고 지키고 있었다.

아리아드네가 근심 어린 표정으로 말했다.

"어떡하죠? 저렇게 감옥을 지키고 있는데."

남자들이 있는 곳은 경비병이 여러 명이었지만 여자들이 있는 곳은 경비병이 한두 명뿐이었고 창살도 가느다란 것이었다. 한마디로 형태만 갖춰놓은 감옥이었다.

"걱정하지 마십시오."

테세우스는 공주에게 말하더니 불쑥 경비병 앞으로 나가서 소리쳤다.

"네 이놈!"

앉아서 졸고 있던 경비병은 그 소리를 듣고 벌떡 일어나 창을 휘둘렀다.

"웬놈이냐? 너, 너는 누구냐?"

"감옥 문을 열어라. 테세우스가 왔다."

여기서 잠깐!!

실을 들고 가서 길을 잃지 않고 돌아오는 이야기는 그리스에만 있는 것이 아니야. 전 세계에 퍼져 있는 이야기지. 우리나라도 후백제 견훤의 신화에 나와. 광주 북촌의 부잣집 딸한테 자줏빛 옷을 입은 남자가 찾아와 서로 사랑을 나눈다고 하자, 아버지가 긴 실을 딸의 옷에 몰래 꿰매놓으라고 했어. 다음 날 그 실을 따라가 보니 커다란 지렁이의 허리에 꿰매져 있었고, 그 사이에서 태어난 아이가 견훤이라는 거야. 일본도 비슷한 이야기가 있어. 실을 따라가 보니 신사에 멈췄다고 해서 신의 아들이라는 것을 알게 되었다는 이야기지. 실을 통해 지혜를 찾는 것은 동서고금의 공통된 이야기 소재인 것 같아.

그것이 신호였다. 감방에 갇혀 있던 여자들이 갑자기 창살문을 발로 차기 시작했다. 여장을 하고 있던 용사 두 명이 강력한 힘으로 순식간에 감옥 문을 뜯어내고 바깥으로 뛰어나왔다.

"죄수가 탈옥한다!"

허둥지둥 달려온 경비병들이 그들을 붙잡아 감옥 안으로 다시 집어넣으려고 했지만 여장을 한 남자들의 주먹 한 방에 그대로 뻗어버렸다. 테세우스와 용사들이 앞뒤에서 공격하자 경비병들은 모두 쓰러졌다.

테세우스는 갇혀 있던 동료들을 모두 구출하고 감옥을 빠져나와 황급히 해안으로 달려갔다. 그들이 타고 온 배는 달빛을 받아 바닷물에 둥둥 떠 있었다.

모든 제물들을 미노타우로스가 잡아먹고 나면 미노스 왕의 서신을 가지고 돌아가기 위한 배였다. 그 서신에는 제물들을 확실히 잘 받았고 다음 해에도 어김없이 제물을 바치라는 내용이 적혀 있었다. 그 한 장의 서신을 받기 위해 배가 기다리고 있었다.

해안가에 다다르자 테세우스가 외쳤다.

"저들이 뒤쫓아올 수 있으니 크레타의 배들을 그냥 놔둘 수 없다. 우리를 따라오지 못하도록 배에 구멍을 뚫어라."

그들은 흩어져서 크레타의 배에 구멍을 뚫기 시작했다. 망치로 모든 배에 구멍을 낸 뒤 그들은 아테네를 향해 출발했다. 그에 맞춰 아테네 쪽으로 순풍이 불었다.

미노스 왕은 뒤늦게 이 사실을 보고받았다.

"뭐라고? 아테네인들이 모두 도망쳤다고?"

"예, 미노타우로스도 죽었습니다."

"그게 정말이냐?"

"테세우스라는 자가 미노타우로스를 죽이고 미궁을 빠져나와 감옥을 지키는 경비병들도 죽인 다음 모두를 데리고 도망쳤습니다."

그때 또 다른 경비병이 말했다.

"공주님께서 테세우스와 같이 갔다고 합니다."

"뭐라고? 내 딸 아리아드네가 나를 배신하다니! 당장 쫓아가서 잡아 오너라!"

왕의 명령이 떨어지자 모든 군사들이 배를 끌어다 바다에 띄웠다. 하지만 배는 곧바로 가라앉기 시작했다.

사령관이 미노스 왕에게 달려와 다시 아뢰었다.

"아테네인들이 도망가면서 우리 배에 모두 구멍을 뚫어놨습니다."

미노스 왕은 분을 삭이지 못하고 말했다.

"이 모든 것이 내 딸 아리아드네 때문이로구나. 가만두지 않겠다."

미노스 왕은 길길이 뛰며 다시 명령을 내렸다.

"내일 배를 수선해서 당장 쳐들어갈 준비를 하라!"

그날 밤 미노스는 차분히 생각해보았다.

'어찌하여 이런 일이 벌어졌을까? 미노타우로스를 죽일 정도라면 대단한 영웅이 아닌가. 그런 영웅이 내 사위가 된다면?'

미노스 왕은 실리적인 생각을 떠올렸다.

'아들 하나를 잃었는데 딸마저 잃을 수는 없지 않은가. 게다가 처치 곤란이었던 미노타우로스도 죽었다. 이왕 이렇게 된 김에 포세이돈 신

의 아들인 테세우스에게 우리 딸을 시집보내는 것도 나쁘지는 않겠어.'

지혜로운 미노스 왕은 침착함을 되찾았다. 아테네에 서신을 보내 둘의 결혼을 허락하고 친교를 맺는 것이 오히려 낫겠다는 생각이 들었다.

그러나 신의 뜻은 그렇게 단순하지 않았다.

아테네로 돌아가는 길에 테세우스는 낙소스섬에 도착했다. 선원들은 잠시 휴식을 취하기 위해 바닷가에 자리를 깔고 모닥불을 피운 뒤 잠이 들었다. 이때 신의 뜻이 테세우스에게 전해졌다. 술의 신 디오니소스가 그의 꿈에 나타난 것이다.★

"테세우스, 어서 일어나거라."

"신이시여, 어쩐 일이십니까?"

"빨리 떠나거라. 이곳에 오래 있는 것은 좋지 않다. 이것은 제우스 신의 뜻이다."

"알겠습니다."

그리고 나서 디오니소스가 덧붙였다.

"아리아드네는 해변에 두고 가거라."

"저를 구해준 아리아드네를 두고 가라고요?"

"그 또한 신의 뜻이다."

그러나 테세우스는 단호하게 대답했다.

"아리아드네는 저와 함께 도망쳐 왔습니다. 그녀를 두고 떠날 수는 없습니다."

디오니소스는 고개를 저으며 말했다.

"테세우스, 그녀의 운명은 너와 함께하는 것이 아니라 나와 함께하는 것이다. 신들이 이미 정해놓은 길을 인간이 거스를 수는 없다."

"운명이란 이유로 사랑하는 이를 버리라는 말입니까? 그건 옳지 않습니다!"

디오니소스는 깊은 한숨을 쉬며 다가섰다.

"그녀는 네 곁에서 행복할 수 없다. 하지만 나는 그녀에게 신들의 축복과 영원한 평화를 줄 것이다. 진정 그녀의 행복을 바란다면 신의 뜻을 존중해야 한다."

테세우스는 할 말을 잃고 잠자는 아리아드네를 잠시 바라보았다. 그러고는 조용히 부하들을 깨웠다.

"모두 일어나거라."

"무슨 일이십니까?"

"지금 떠나야 한다. 이건 신의 뜻이다."

"공주님도 깨울까요?"

"그대로 둬라. 공주는 이곳에 남을 것이다."

테세우스 일행은 곤히 잠든 아리아드네를 홀로 두고 배에 올라 낙소스섬을 떠났다.

배들이 사라지고 나서야 아리아드네는 깨어났다. 눈을 뜨고 주위를 둘러보니 아무도 없었다. 저만치에서 수평선 너머로 사라지는 배

여기서 잠깐!!

일설에 의하면 이 모든 일이 아프로디테 여신의 계획이라고 해. 여신은 아리아드네에게 인간 대신 신을 배우자로 맞이하게 해주었어. 게다가 낙소스는 술의 신 디오니소스가 좋아하는 섬이야. 디오니소스는 버려진 여인을 위로해주고 아내로 삼으면서 결혼 선물로 아름다운 황금관도 주었어. 나중에 아리아드네가 죽었을 때 디오니소스가 이 황금관을 허공에 박아 넣어 별자리로 만들었지. 인간과 신의 사랑은 사라져도 추억만은 영원히 남는다는 교훈을 주는 것 같아.

가 보였다.

"테세우스, 목숨을 걸고 당신을 도와준 나를 버리고 가다니, 어찌 이럴 수가 있습니까?"

통곡하는 아리아드네 앞에 디오니소스가 나타났다.

"테세우스의 잘못이 아니다. 이것은 모두 신의 뜻이다."

"신의 뜻이라고요?"

"그렇다. 내가 떠나라고 명령했다."

"이곳에서 저 혼자 어찌 살란 말입니까? 아는 사람 하나 없는 낯선 섬에서요. 사랑하는 테세우스를 잃고는 살아갈 수 없습니다."

"너에게는 다른 신랑감이 기다리고 있다."

"그게 누굽니까?"

"바로 나다."

디오니소스는 신이었다. 거역할 수 없었다. 신의 뜻에 따라 미노스의 딸 아리아드네는 그의 아내가 되었다. 미노스는 영웅을 사위로 삼으려다 신을 사위로 두는 행운을 얻었다.★

한편 아테네에서는 아이게우스 왕이 하루하루 목이 빠져라 기다리고 있었다. 그는 아들이 미노타우로스를 물리치고 무사히 돌아오게 해달라고 기도했다. 밤잠을 이룰 수도 없었다. 그는 바닷가 높은 곳에 서서 멀리 수평선 너머로 배가 나타나기만을 기다렸다. 하루라도 빨리 하얀 돛을 단 배를 볼 수 있기를 바랐다. 그러나 며칠이 지나도 테세우스의 배는 나타나지 않았다.

'나의 아들 테세우스는 언제 오려나?'

시간이 지날수록 살아서 돌아올 거라는 희망이 점점 사라져갔다.

그러던 어느 날 수평선 끝에 점 하나가 보였다.

'저 배로구나.'

배는 서서히 다가오고 있었다. 아이게우스는 눈의 초점을 한껏 모아 돛의 색깔이 무엇인지 살펴보았다. 흰 돛을 달았다면 성공해서 돌아오는 것이고, 검은 돛을 달았다면 그 배에 아테네의 젊은이들은 없고 미노스 왕의 건방진 서신 한 장만 실려 있을 것이다. 그런데 색을 알아볼 정도로 배가 다가왔을 때 보니 검은색 돛이었다. 아들이 미노타우로스에게 잡아먹혔다는 뜻이었다.

"나는 정말 불운한 늙은이로다. 그토록 기다리던 아들이 뒤늦게 나를 찾아왔는데 어느새 죽음으로 내몰다니. 아들이 없는 세상에서 내가 살아 있은들 무엇 하겠는가?"

아이게우스는 절규했다. 그는 미친 사람처럼 바닷가를 배회하다 신하들이 말릴 겨를도 없이 절벽에서 바다로 몸을 던져버렸다.

여기서 잠깐!!

일설에 의하면 훗날 아리아드네는 신이 되었다고도 해. 자녀를 많이 낳고 행복하게 살았다고 하는 걸 보니 후세 사람들은 아리아드네가 비록 배신당했지만 그녀의 순정은 높이 산 것 같아. 인간에게 버림받고 신을 만났으니 희망의 메시지라고나 할까. 또 다른 이야기는 아리아드네가 원래는 디오니소스의 아내였는데 잠시 테세우스와 사랑에 빠졌다는 거야. 또한 디오니소스가 테세우스의 꿈에 나타나 자신이 이미 점찍었으니 양보하라고 했다는 설도 있어. 심지어 디오니소스가 아리아드네를 미워했다는 이야기도 있지. 신화란 전달하는 사람의 상상에 따라 다르게 각색되는 살아 움직이는 이야기라고 할 수 있어.

"대왕이시여!"

사람들이 뛰어 내려갔지만 왕을 구할 수 없었다. 왕은 천길만길 낭떠러지로 떨어져 죽고 말았다.

그때 아테네로 떠났던 배가 파도를 헤치고 바닷가에 도착하자 사람들은 아들과 딸의 이름을 부르짖으며 달려갔다. 마지막으로 그들이 탔던 배라도 만져보려는 간절함이었다. 그런데 제물로 바쳐졌던 아들딸들이 모두 산 채로 배에 타고 있는 것이 아닌가.

그들은 배에서 뛰어내려 부모들에게 달려갔다. 이들을 이끈 영웅 테세우스도 당당한 모습으로 배에서 내렸다. 사람들은 그 광경을 보고 어리둥절했다.

"왕자님, 이게 어찌 된 일입니까?"

"무엇이 어찌 되었단 말이냐? 괴물을 해치우고 모두를 구해 돌아왔느니라."

"그런데 왜 검은 돛을 달고 오셨습니까?"

테세우스는 그제야 아버지와 약속했던 것이 떠올랐다.

"급히 도망치느라 흰 돛을 올릴 겨를이 없었구나. 아버지께서는 건강하시냐?"

"대왕께서는 흰 돛을 달고 오시기만을 기다리다가 검은 돛을 발견하고는 왕자님이 죽은 줄 알고 절망에 빠진 나머지 절벽에서 뛰어내리셨습니다."

충격에 빠진 테세우스는 그 자리에서 무릎을 꿇었다. 기쁜 일이 있으면 꼭 불행이 따라오는 법이었다.★

군중들은 기뻐하면서도 슬퍼했다. 생때같은 자식들은 돌아왔지만 왕은 죽었기 때문이다.

하지만 테세우스는 빨리 이 상황을 수습해야 했다. 아버지의 시신을 거두어 아테네 성으로 개선해야 흩어진 민심을 다시 잡을 수 있었다.

"아버지의 시신을 앞세워 궁으로 돌아가자."

테세우스를 선두로 한 개선 행렬은 궁으로 향했다. 여장했던 두 젊은이와 제물로 선택되었던 남녀들이 모두 그 뒤를 따랐다. 아테네 시민들은 그들이 지나가는 길에 올리브 가지를 놓아주고 꽃다발을 주면서 환영했다.

왕의 죽음은 슬픈 일이었지만 젊은이들이 모두 살아 돌아와서 사람들 모두 기뻐했다. 더 이상 희생 제물을 바치지 않아도 되었다. 그들은 새로운 왕 테세우스를 맞이할 준비가 되어 있었다.

여기서 잠깐!!

일설에 의하면 돛을 바꾸지 않은 것은 테세우스의 지략이라는 이야기도 있어. 개선장군이 되어 돌아가면 인기가 올라가고 그로 인해 아버지에게 밉보일 수 있다는 생각 때문이었지. 테세우스가 아버지의 당부를 잊은 척 검은 돛을 달고 돌아왔다는 거야. 아버지가 절망해서 스스로 목숨을 끊으면 자연스럽게 자신이 왕위를 이어받을 테니까. 인간의 역사에서도 부왕을 죽이거나 축출하는 아들이 흔한 걸 보면 얼토당토않은 추론은 아니야. 신화 역시 인간의 이야기니까.

9

위대한 왕 테세우스

 아테네는 마침내 미노스 왕과 괴물의 속박에서 놓여났다. 동시에 나이 든 왕이 사라지고 젊디젊은 테세우스가 새로운 왕이 되었다. 그들은 선왕에 대한 예를 잊지 않았다. 아이게우스의 이름을 영원히 잊지 않기 위해 그가 몸을 던진 바다의 이름을 아이게우스해라고 지었다. 오늘날의 에게해가 바로 그것이다.

 테세우스는 지혜롭고 현명한 통치자였다. 그는 자애로운 왕이었지만 때로는 엄하게 다스려 아테네를 강국으로 만들었다. 특히 어려서 고생을 많이 한 테세우스는 가난하고 힘없는 사람들 편에서 선량한 정책을 펼쳤다.

"아테네는 귀족들이나 왕들이 만든 나라가 아니다. 일반 백성들이 만든 나라이니 모두 함께 잘살아야 한다."

테세우스는 시민들에게 주인의식을 불어넣는 반면 토호들에게는 압력을 가했다. 각 지역에서 세력을 키우는 토호들을 억누르고 철저한 중앙집권화로 아티카(아테네가 속한 그리스 중남부)의 작은 도시와 마을까지 직접 다스렸다. 그리하여 아테네와 그 주변까지 모두 아울러 연합 도시국가를 만들었다.

"새로운 왕이 그렇게 용감하다네."

"우리도 이참에 그의 보호 아래 들어가는 것이 좋겠어."

인근 도시국가 사람들은 자청해서 테세우스의 지도력 아래로 모여들었다. 세력이 커지자 단합을 위해 테세우스는 큰 행사를 하나 준비했다. 재주 있는 청년들을 모아 대규모 운동 경기를 연 것이다. 헤라클레스가 제우스를 기리기 위해 운동 경기를 연 것과 마찬가지였다. 하지만 테세우스의 경기는 조금 달랐다. 그는 포세이돈을 위해 3년마다 대규모 대회를 열었다. 이것이 바로 이스트미아 경기다.

테세우스는 영웅이기도 하면서 평화를 사랑하는 사람이었다. 하지만 영웅들은 원래 모험을 즐기는 사람들이다. 다른 민족을 상대로 전쟁을 벌이지는 않았지만, 그는 나라가 안정되자 스스로 모험에 나서기도 했다.

테세우스가 가장 먼저 나선 모험은 이아손과 함께 아르고호를 타고 황금 양털을 찾으러 떠난 것이었다. 헤라클레스와 함께 아마조네스의 땅에서 벌어진 전쟁에 참가하기도 했다. 이때 테세우스는 아마조네스의 여왕 셋 가운데 안티오페를 사로잡아 아테네로 데려와서 아내로 맞아들였다.

안티오페 역시 영웅이었기에 테세우스의 배필이 될 자격이 있었다. 두 사람 사이에서는 아름다운 아들 히폴리토스가 태어났다. 그는 나중에 아르테미스 여신과 우정을 나눌 정도로 순수하고 아름다운 젊은이였다.

안티오페는 강인한 여인이었지만 뛰어난 영웅인 테세우스에게 순종하며 행복하게 살아갔다. 하지만 신들은 인간의 평온한 삶을 결코 원하지 않았다.

어느 날 전령이 달려와 외적이 쳐들어왔다고 보고했다.

테세우스는 깜짝 놀라서 물었다.

"어떤 놈이 감히 내 나라를 쳐들어왔단 말이냐?"

"왕비님의 종족이 침략한 것입니다."

안티오페가 깜짝 놀라 소리쳤다.

"뭐라고? 우리 아마조네스가 왔다고?"

아마조네스는 테세우스에게 잡혀간 안티오페가 아테네에서 노예로 살고 있을 것이라고 여겼다.

"우리는 안티오페를 반드시 구해 와야 한다."

"테세우스에게 잡혀간 안티오페를 데려오자."

워낙 강한 여인들인 데다 원한까지 품고 쳐들어오니 그들을 막을 사람이 없었다. 아마조네스 전사들은 소리 없이 숲속을 뚫고 들어와 갑자기 아테네에 모습을 나타냈다. 기병을 이끌고 온 그녀들의 위력 앞에서 아테네 사람들은 아무런 대응도 하지 못했다.

"어서 빨리 성안으로 피하라!"

성 밖에 있던 사람들은 모두 성안으로 후퇴해 성문을 닫아걸고 방어전에 돌입하여 전열을 갖추었다. 하지만 이때까지도 안티오페는 아마조네스가 자신을 구하러 온 것이 아니라 복수심과 탐욕으로 쳐들어왔다고 생각했다. 그렇지 않다면 자신에게 먼저 은밀히 연락했을 것이라고 말이다.

테세우스가 전투 준비를 하면서 안티오페에게 말했다.

"당신은 이곳에서 기다리시오."

그러자 안티오페가 단호하게 말했다.

"나도 함께 싸우겠어요. 이미 아마조네스를 떠나왔으니 그들은 나의 적입니다."

드디어 성문이 열리고 치열한 공방전이 벌어졌다. 아마조네스의 전투 기량은 탁월했고 함부로 맞설 상대가 아니었다. 창과 화살이 빗발치듯 날아오는 가운데 양쪽 군대는 거세게 대립했다. 이를 지켜보던 안티오페는 아테네군을 독려하기 위해 자신도 갑옷을 입고 나왔다. 말을 타고 싸우는 것이라면 누구에게도 뒤지지 않는 그녀였다. 빛나는 갑옷을 입은 그녀가 군사들을 힘차게 독려했다.

"물리쳐라! 저들은 내 동족이 아닌 적군이다."

그때 아마조네스의 명사수 몰파디아가 안티오페를 향해 활을 겨눴다.

"저 은빛 갑옷을 입은 자가 분명 테세우스렷다."

몰파디아는 멀리서 제대로 확인도 하지 않고 화살을 쏘았다.

그런데 몰파디아가 쏜 화살에 맞고 말에서 떨어진 것은 안타깝게도 안티오페였다. 그 사실을 모른 채 아마조네스 전사들은 환호성을 지르며 달려왔다.

"적장을 무찔렀다!"

"시체를 차지하자!"

전쟁에서 적을 죽이면 갑옷을 벗기고 모든 물건을 빼앗은 뒤 시신의 몸값을 받고 넘겨주는 것이 불문율이었다. 말에서 떨어진 안티오페의 시체를 빼앗으려고 아마조네스가 몰려왔다. 아테네 병사들도 왕비의 시신을 지키려고 격렬하게 맞섰다.

그런데 쓰러진 시신의 빛나는 금발에 씌어진 투구를 벗겨보니 안티오페의 얼굴이 드러났다. 맨 앞에 있던 아마조네스가 외쳤다.

"멈춰라. 우리가 죽인 것은 안티오페 여왕님이시다."

아마조네스는 곧바로 전투를 멈췄다. 그들은 큰 충격에 빠졌다. 결국 안티오페는 동족의 손에 죽임을 당한 것이다. 아마조네스는 노예 생활을 하고 있을 여왕을 구하러 출정에 나선 것이었다. 그런데 여왕은 아테네의 왕비가 되어 화려한 갑옷을 입고 전장에 나타났다.

더 큰 충격을 받은 것은 테세우스와 아테네 사람들이었다. 아마조네스가 먼저 대화를 청하고 왕비를 돌려달라고 했더라면 전쟁을 치를 일도 없었을 것이다. 하지만 아마조네스는 오로지 쳐들어가서 안티오페를 구해야 한다는 일념에 사로잡혀 있었다.

안티오페의 장례식은 모든 사람들의 애도 속에서 치러졌다. 안티오페를 구하러 왔던 아마조네스는 무거운 마음으로 흰 깃발을 내걸고 고향으로 돌아갔다.

가장 불행한 사람은 테세우스였다.

"안티오페! 이렇게 죽을 줄 알았다면 당신을 데려오지 말 것을. 헤라클레스가 현명했소. 그는 여인의 삶을 지켜주었으니 말이오."

헤라클레스는 전리품으로 취할 수 있었던 아마조네스의 여왕을 너그럽게 놓아주었다. 그는 이미 결혼 생활에서 큰 불행을 경험했기 때문이다. 헤라클레스의 생각이 깊었음을 테세우스는 아내가 죽은 뒤에야 비로소 깨달았다.

하지만 아내를 잃은 슬픔에 빠져 있을 겨를이 없었다. 테세우스는 곧바로 자신을 추슬러야 했다. 아테네와 주변 국가들의 힘을 기르는 것이 급선무였다.

이 무렵 가장 큰 적이었던 미노스 왕은 공주를 잃고 시름 속에서 생을 마감했다. 왕위를 물려받은 것은 데우칼리온이었다. 그는 미노스의 아들들 중에 가장 지적이고 지혜로웠다.

데우칼리온은 나라를 통치하면서 신하들과도 많은 이야기를 나누고 의견을 들었다.

"테세우스가 통치한 뒤로 아테네는 더 이상 우리가 함부로 쳐들어갈 수 있는 나라가 아니오."

"맞습니다. 우리가 그들을 적으로 삼는다고 해서 얻어지는 것은 없습니다."

"아테네는 군사적으로 강해졌을 뿐만 아니라 주변 국가에까지 많은 인심을 얻고 있습니다."

"그렇다면 테세우스에게 화평을 청해보도록 하자."

데우칼리온은 왕이 되자마자 전쟁을 벌이고 싶지는 않았다. 과거의 상처를 돋워서 소모적인 전쟁을 일으킬 필요 없다고 생각했다.

크레타는 아테네로 몇 차례 사신을 보냈다.

"이제 더 이상 두 나라가 전쟁을 치르는 일은 없도록 합시다."

아테네도 흔쾌히 받아들였다.

"그럽시다. 미래를 바라보며 우호적인 관계를 맺읍시다."

마침내 아테네와 크레타는 동맹을 맺기로 맹세했다. 그러려면 가장 중요한 것이 혼인이었다. 마침 테세우스에게 아내가 없다는 것을 알고 데우칼리온은 누이동생 파이드라를 아내로 주겠다고 제안했다.

"파이드라는 아주 열정적이고 강한 여인이오. 그대의 영웅 기질과 잘 맞을 것이오."

파이드라는 어느 남자가 보더라도 단번에 빠져들 정도로 농염한 아름다움을 가진 여인이었다. 테세우스는 데우칼리온의 제안을 기꺼이 받아들였다. 이 정략결혼으로 인해 두 나라의 우호 관계가 더욱 공고해질 수 있었다.

테세우스와 파이드라는 결혼하여 아들을 낳았고, 그중에 데모폰이 훗날 아테네의 왕이 되었다.

그러나 파이드라는 테세우스에게 행운의 여인이 아니었다. 그녀는 테세우스의 사랑을 받았지만 전처인 안티오페의 아들인 히폴리토스* 를 사랑했다. 그녀가 히폴리토스를 사랑한 이야기는 그리스 신화에서 가장 불행한 대목이기도 하다.

테세우스는 평화를 위해 또 다른 나라와 우호 관계를 맺었다. 바로 테살리아 지방에 있는 라피타이족이었다. 그곳의 왕 페이리토오스는 수많은 영웅담들을 만들어낸 테세우스를 질투했다.

"나는 무엇이 부족해서 그처럼 되지 못한단 말인가."

페이리토오스는 테세우스에게 가려서 자신의 이름을 떨치지 못한다고 생각했다.

'이럴 게 아니라 테세우스와 직접 겨뤄봐야겠다. 내가 테세우스를 꺾으면 그리스 전체에서 최고의 영웅이 될 거야. 새로운 영웅담의 주인공이 되는 것이지. 그러려면 먼저 테세우스에게 싸움을 걸어야겠지.'

그는 마라톤 평원으로 달려가서 테세우스의 가장 좋은 황소들을 빼앗아 가려고 했다. 그러고는 목동들에게 말했다.

"어서 가서 네 주인 테세우스에게 전해라. 이 황소들은 페이리토오스가 가져갔다고. 황소들을 찾으러 오면 언제든지 응해주겠노라

여기서 잠깐!!

히폴리토스의 출신에 대해서는 여러 가지 설이 있어. 그는 원래 고결한 정신과 순결의 소유자로 알려져 있지. 그의 어머니는 아마조네스의 여전사이자 여왕인 히폴리테라는 설이 그중 하나야. 무엇이건 히폴리토스의 몸에는 아마조네스의 피가 흐르고 있어.

고 하라."

이 소식은 곧바로 테세우스에게 전해졌다. 평화를 원하는 테세우스
이지만 상대가 부당하게 도발하는 싸움은 피할 수 없었다. 한 명의 도
둑을 놔두면 수백수천 명의 도둑들이 덤벼들기 때문이다. 게다가 자신
의 명성이 더럽혀지는 것을 용납할 수 없었다.

"당장 마라톤으로 달려가겠다."

테세우스가 말을 타고 마라톤 평원에 다다르니 풀숲 막사에서 페이
리토오스가 자리 잡고 있었다.

"네놈이 내 황소를 훔친 자로구나."

우렁찬 목소리로 테세우스가 외쳤다.

"어떤 놈이 나에게 도전하는 것이냐?"

페이리토오스도 맞받아 외쳤다.

"어디 한번 덤벼보거라. 당장 너를 죽여주마."

"어서 덤벼라. 누가 죽는지 어디 한번 겨뤄보자."

둘은 점점 거리를 좁혔고 마침내 말없이 칼과 창을 꺼내며 결투 태
세에 돌입했다. 테세우스는 먼저 페이리토오스를 살펴보았다. 건장한
근육에 우람한 체격, 게다가 번쩍이는 갑옷과 손에 쥐고 있는 칼과 창
은 너무나 아름답고 멋있었다. 그는 마치 하늘에서 내려온 전쟁의 신
같았다.

'아, 저 정도 되니 나에게 도전하는구나.'

한편 페이리토오스도 테세우스를 보며 같은 생각을 했다.

'아, 말로만 듣던 테세우스가 바로 저자로구나. 저 아름다운 용모에

강철 같은 근육, 어찌 저렇게 빛이 난단 말인가. 차마 죽이기 아까운 용사로다.'

하지만 이미 자신은 도발했고, 승패는 가려야 했다.

"먼저 덤벼라!"

페이리토오스가 소리치자 테세우스는 칼을 높이 들었다. 창 대신 칼로 싸우자는 뜻이었고, 이것은 치명상을 입히고 싶지 않다는 의미였다.

"어쩔 수 없다. 아깝지만 죽일 수밖에."

테세우스가 땅을 박차고 달려왔다. 기다렸다는 듯이 페이리토오스도 마주 달려왔다. 점점 가까이 달려가면서 그들은 상대의 얼굴을 좀 더 선명하게 보았다. 그러자 차마 칼을 휘둘러 그 아름다운 얼굴에 상처를 내기가 아까웠다.

'저렇게 멋진 영웅을 죽여야 하다니.'

'이렇게 아름다운 용사를 죽여야 하다니.'

게다가 그들이 싸우는 이유는 고작 명예와 황소 몇 마리 때문이 아니던가. 두 사람은 동시에 멈춰 서더니 칼을 내려놓았다.

"잠깐만!"

먼저 테세우스가 손을 들었다.

"우리가 굳이 싸워서 둘 중에 하나를 죽여야만 하는가?"

"내 생각도 마찬가지네. 차라리 우리 친구가 되면 어떤가?"

"그렇다면 나로서는 영광일세."

"영웅과 친구로 지낼 수 있다면 나야말로 이보다 더한 영광이 없을 것이네."

두 영웅은 그 자리에서 달려가 끌어안고 격하게 손을 맞잡았다. 두 영웅의 뜨거운 우정이 시작되는 순간이었다.★

"평생 나는 그대가 원하는 일을 돕겠네."

"나도 언제든 그대를 도와주겠네."

그들은 영원한 우정을 맹세하고 친구가 되었다. 둘은 연회를 벌여서 며칠간 함께 먹고 마시며 즐겼다. 잔치가 끝나고 헤어지는 날 페이리토오스는 소들을 돌려주는 것은 물론 자신의 칼을 건넸다.

"테세우스, 이것은 내가 가장 아끼는 칼일세. 자네에게 우정의 선물로 주겠네."

"그렇다면 내 칼도 자네에게 주겠네."

두 사람은 칼을 서로 맞바꾸었다. 이후로 그들의 우정은 오래도록 계속되었다.

이처럼 테세우스는 너그러운 성품과 평화를 사랑하는 마음으로 전쟁을 하지 않고 주변 나라들을 아우를 줄 아는 영웅이었다.

그러나 영웅에게 투쟁과 번뇌는 그치지 않았다. 그것이 영웅의 숙명이기도 했다. 이번에는 다른 쪽에서 전령이 급하게 달려왔다.

"켄타우로스들이 쳐들어왔습니다."

"뭐라고?"

테세우스는 벌떡 일어났다. 하지만 반인반마인 켄타우로스와 싸우는 것은 쉽지 않은 일이었다. 그들은 누구보다 빠르고 강력한 힘을 가지고 있었다.

영웅들의 스승으로 유명한 케이론은 현명한 자였지만 나머지 켄타우로스는 난폭하기 그지없었다. 그들은 그리스 여기저기에서 파괴를 일삼으며 노략질을 밥 먹듯이 하고 있었다. 거칠고 야만적인 켄타우로스들은 피하는 것이 상책이었다. 하지만 테세우스는 평화를 지키려면 도발해 오는 적들을 반드시 응징해야 한다는 원칙을 가지고 있었다. 한 번 피하기 시작하면 더 큰 도발을 하기 때문이다.

'안 되겠다. 이번 기회에 켄타우로스들을 완전히 섬멸해야겠다.'

단단히 채비한 테세우스는 앞장서서 켄타우로스들을 쫓아갔다. 켄타우로스들도 이렇게 본격적인 토벌을 당하기는 처음이었다.

"켄타우로스가 단 한 놈이라도 나타나면 곧바로 신고해라. 그들을 묵인해주면 우리 땅을 계속 쳐들어올 것이다."

테세우스는 켄타우로스가 단 한 놈이라도 출몰할 때마다 군사들을 보내 잡아 죽였다. 천하무적이었던 켄타우로스도 섬멸될 지경에 이르자 산속으로 피신했다. 하지만 이걸로도 충분하지 않았다. 그때 친구이자 또 다른 영웅 헤라클레스가 테세우스를 방문했다.

여기서 잠깐!!

신화나 역사나 문학에서 싸우지 않고 친구가 된 영웅들의 이야기는 많아. 대표적으로 '길가메시와 엔키두' 이야기를 들 수 있어. 이는 고대 메소포타미아의 서사시에서 전해지는 이야기야. 길가메시는 힘이 세고 교만한 왕이었는데, 신들은 그를 견제하기 위해 엔키두라는 강한 존재를 만들었어. 처음에 두 사람은 서로 적대적인 관계였고 싸움을 벌였어. 하지만 이 싸움을 통해 서로의 강함을 인정하게 되었고, 결국 둘은 좋은 친구가 되었지. 이후 두 사람은 함께 모험을 떠나며 많은 어려움을 극복했다고 해. 이 역시 이아손의 이야기와 연관이 있는 것 같아. 모두 지중해를 중심으로 한 가까운 지역이니까. 싸움 대신 우정으로 문제를 해결한 긍정적인 사례야.

"친구, 마침 잘 왔네."

"무슨 고민이 있는가?"

"걱정이 끊일 날이 없네."

테세우스의 이야기를 들은 헤라클레스는 자리에서 벌떡 일어났다.

"그런 일이라면 걱정 말게. 내가 켄타우로스들을 아주 멀리 보내버리겠네."

그렇게 해서 헤라클레스는 그들을 닥치는 대로 죽이고, 남은 자들도 그리스 바깥으로 내쫓아버렸다.

테세우스가 나라 밖의 평화를 위해 분주할 동안 궁에는 또 다른 불행이 찾아왔다. 그의 아내 파이드라가 죽은 것이다. 마침 페이리토오스의 아내도 죽었다. 두 영웅이 모두 아내를 잃은 것이다. 그러자 둘은 새로운 신붓감을 구해 함께 결혼하자는 이야기를 했다.

테세우스가 새로이 택한 신부는 아름답기로 유명한 스파르타의 헬레네였다. 그리스 최고의 미녀 헬레네는 겨우 열두 살 어린아이였다. 예쁘다고 소문은 났지만 너무 어려서 테세우스는 감히 청혼할 수가 없었다. 그의 나이는 어느새 쉰 살이 되어 있었으니 말이다. 하지만 그녀가 남의 여자가 된다는 것은 견딜 수가 없었다.

'차라리 헬레네를 납치해버릴까?'

하지만 혼자 힘으로는 헬레네를 납치하기가 쉬운 일이 아니었다. 그리하여 그는 친구인 페이리토오스를 찾아가 이 문제를 논의했다.

"내가 헬레네를 납치해 와서 신부로 삼을까 하네. 부끄럽지만 자네가 좀 도와주면 좋겠네. 내가 하는 일은 무엇이든지 도와주기로 약속하지 않았는가."

"친구, 자네의 판단이 옳고 그른지는 논하지 않겠네. 자네가 원한다면 무엇이든 도와주겠네."

둘은 헬레네의 집 담을 넘어서 납치할 계획을 세우고 변장한 채 몰래 스파르타로 들어갔다. 우선 아르테미스 신전으로 가보니 마침 헬레네가 친구들과 함께 어울려 숨바꼭질 놀이를 하고 있는 것이 아닌가.

"꼭꼭 숨어라! 머리카락 보일라!"

두 사람으로서는 일이 쉽게 풀릴 터였다. 헬레네가 술래를 피해 한쪽 구석에 숨어 있을 때 그들은 쥐도 새도 모르게 다가가 먼저 그녀의 입부터 막고 둘러업은 채 냅다 도망쳤다.

아티카로 돌아온 그들은 일단 테세우스의 어머니 아이트라에게 가서 헬레네를 맡겨놓았다.

"어머니, 제가 아주 예쁜 아이를 데려왔습니다. 당분간 어머니께서 이 아이를 잘 길러주세요."

"아들아, 이 아이를 어디서 데려왔느냐?"

"나중에 제 아내가 될 아이입니다. 어머니가 잘 보살펴주세요."

아이트라는 난데없이 어린 여자아이를 데려와 깜짝 놀랐지만, 헬레네를 지켜주겠노라고 약속할 수밖에 없었다.

"네 뜻이 정 그렇다면 헬레네가 클 때까지 기다렸다가 나중에 왕비로 삼거라."

"어머니, 제가 바라는 것이 바로 그것입니다. 그때까지 헬레네를 잘 부탁드릴게요."

어린 헬레네는 자신이 낯선 집에 있는 것을 깨닫고는 금세 울음을 터뜨렸다.

"아아앙! 여기가 어디예요? 제발 우리 집에 데려다주세요."

헬레네가 울다 지쳐 까무러치기까지 했지만 아이트라는 부드럽게 달래주었다.

"헬레네, 아무도 널 해치지 않도록 내가 잘 보호해주마. 안심해라."

헬레네는 위험한 곳이 아니라는 것을 알고 조금은 안심했다. 시간이 흐르자 어린아이답게 적응도 잘했다.

한편 아름다운 헬레네를 보고 페이리토오스는 은근히 시기심이 생겼다.

'헬레네가 지금은 어리지만 분명히 그리스 최고의 미녀가 될 거야. 지금도 저렇게 예쁘지 않은가. 나는 헬레네보다 더 아름다운 아내를 얻어야 할 텐데.'

하지만 그것은 불가능했다. 헬레네는 이미 신으로부터 최고의 미모를 선물받고 미래를 예언할 수 있는 능력까지 갖고 있었다. 헬레네를 뛰어넘을 여인은 이 세상에 거의 없었다. 그러자 페이리토오스의 생각은 엉뚱한 곳으로까지 이어졌다.

"옳지. 나는 여신과 결혼해야겠다. 그래, 그거야! 여신과 결혼한 사내는 별로 없지. 그리고 자녀를 낳는다면 우리 아이는 신의 아들딸이 되는 거야."

그는 테세우스에게 도움을 구하기로 했다.

"이제 자네는 헬레네를 아내로 맞이하게 되었군."

"고맙네. 자네가 도와준 덕분이지. 가끔 어머니 집에 가서 낯을 익히고 시간을 보내기는 하지만 결혼하기에는 아직 너무 어려서 아내라고 말하기는 뭣하지. 하지만 제우스의 딸이니 신의 혈통을 이어받은 아내를 맞이한 것이나 마찬가지야."

"그렇군. 자네는 이미 신과 동격이 되었어. 하지만 나는 어떻게 해야 하지?"

"자네도 적당한 배필을 얻어야지. 자네가 최고의 아내를 맞이할 수 있도록 무조건 돕겠네."

"고맙네, 테세우스. 그래서 말인데……."

페이리토오스는 흐뭇한 미소를 지으며 말을 이어나갔다.

"자네가 어디든 나와 같이 갈 거라고 믿네."

"물론이지. 말만 하게. 자네를 위해서라면 죽은 자들의 왕국이라도 따라가서 도와주겠네."

"바로 그거야. 그 죽은 자들의 왕국 타르타로스로 가야겠네."

페이리토오스의 말에 테세우스는 경악했다.

"뭐라고? 그곳에 가서 살아 돌아온 사람이 아무도 없지 않은가? 게다가 산 사람은 갈 수 없는 곳일세."

"그래서 두려운가?"

용사의 자존심을 건드리자 테세우스는 펄쩍 뛰었다.

"그럴 리가 있나. 자네가 원한다면 내가 함께 가주겠네."

"그래, 고맙네. 사실 나는 저승 타르타로스의 왕비 페르세포네를 아내로 삼고 싶네."

테세우스는 그 말을 듣고 깜짝 놀랐다.

"저승의 지배자 하데스의 아내 말인가?"

"그렇다네."

페르세포네는 제우스와 대지의 여신 데메테르 사이에서 태어났다. 절세의 미인인 그녀는 하데스에게 납치되어 저승에서 왕비로 살게 되었다. 지하 세계인 타르타로스에 있는 여신을, 그것도 다른 남자의 아내를 자기 배우자로 맞이하겠다니, 감히 인간이 꿈꿀 수 있는 일이 아니었다. 하지만 테세우스는 무모한 짓을 저지르겠다고 하는 페이리토오스를 말리지 않았다. 남자의 자존심으로 두려워하는 모습을 절대 보여줄 수 없었다.

"자네의 뜻이 정 그렇다면 지금 바로 떠나세. 죽기 아니면 까무러치기 아니겠는가."

"역시 자네가 함께할 줄 알았네."

두 사람은 타르타로스로 가기 위해 아테네 근교 콜로누스의 협곡으로 들어갔다. 그곳은 지하 세계로 들어가는 통로였다. 한없는 어둠 속으로 내려간 그들은 마침내 죽은 영혼들이 건너야만 하는 스틱스강에 다다라 뱃사공 카론을 만났다.

카론은 다짜고짜 말했다.

"너희는 산 자가 아니더냐?"

"우리는 죽은 자들이오."

두 사람은 죽은 자들이 입는 검은 옷을 걸치고 있었다. 카론은 그들의 말을 듣고 선선히 배에 태워주었다.

하지만 카론은 살아 있는 두 사람이 저승으로 가려 한다는 사실을 이미 알고 있었다.

두 사람은 무사히 스틱스강을 건넜다. 이곳을 건넌 자들은 다시 돌아올 수 없는 죽음의 강이다. 두 사람은 저승의 입구를 지키는 머리 셋 달린 개 케르베로스를 그대로 지나쳐서 계속 걸어갔다. 케르베로스는 원래 저승으로 들어온 영혼이 다시 나가지 못하도록 감시하는 역할을 한다. 그래서 죽어서 들어오는 사람은 막지 않지만, 산 자는 들어오지 못하게 막아선다. 그런데 케르베로스는 두 사람을 보고도 가만히 있었다.

타르타로스의 왕인 하데스는 이 모든 것을 처음부터 알고 있었다. 자신의 아내를 탐하는 어리석은 인간들이 저승으로 들어오는 것을 그대로 놔두라고 카론에게 말해두었을 뿐만 아니라 케르베로스도 조용히 있도록 만들어놓았다. 그는 제우스, 포세이돈과 함께 세상을 삼등분해서 지배하는 신이었다.

하데스는 마침내 두 사람이 자기 앞에 모습을 나타내자 지하 세계가 쩌렁쩌렁 울리는 목소리로 물었다.

"살아 있는 자들이 어찌하여 이곳에 왔느냐?"

너무나도 웅장하고 무서운 신의 얼굴에 두 영웅은 간이 오그라드는 것만 같았다. 게다가 그들의 용건이라는 것이 얼토당토않은 것이 아닌가. 테세우스가 옆구리를 쿡쿡 찌르자 페이리토오스가 마침내 입을 열었다. 그는 두려움에 떨다가 순식간에 둘러댔다.

"신이시여, 저는 이곳 지하 세계를 꼭 한 번 와보고 싶었습니다."

"그래. 죽지 않고 살아 있는 채로 와보고 싶었다는 것이냐?"

"예. 저는 지상에서는 영웅이라 불리고 있습니다. 지하 세계를 한 번 왔다 갔다는 것을 사람들에게 보여주고 싶었습니다. 그래서 이곳에서 잔치를 열려고 하는데, 왕과 왕비님께서도 참석하셔서 자리를 빛내주시기를 바라겠습니다."

페이리토오스는 말도 안 되는 억지를 쓰고 있었다.

"내 아내인 페르세포네와 함께 말이지?"

"그렇습니다. 함께 와주시면 영광일 것입니다."

하데스는 어처구니가 없었다. 인간들의 잔꾀라는 것이 겨우 이 정도 인가 싶었지만 그는 일단 두고 보기로 했다.

"그런 잔치나 축제는 인간들이나 하는 것이다. 나는 그런 것에 관심 없다. 하지만 내 아내는 불러오지. 여기 앉아 잠시 기다려라."

하데스는 차디찬 돌 의자 두 개를 가리켰다.

테세우스와 페이리토오스는 의자에 앉았다.

하데스가 사라지자 둘은 기뻐했다.

"자네의 임기응변은 정말 대단하네. 이런 상황에서 어떻게 그리 둘러댈 수 있단 말인가?"

테세우스의 칭찬에 페이리토오스는 뻐기듯이 말했다.

"일단 그녀가 나타나면 내가 둘러업고 재빨리 도망치면 될 것 아니겠는가?"

두 사람은 일이 척척 진행되고 있다고 생각했다.

"그나저나 저승 세계가 어떤 모습인지 궁금하군. 구경이나 해볼까?"

그렇게 말하고 자리에서 일어나려던 테세우스는 몹시 당황했다. 몸이 의자에 붙어서 떨어지지 않는 것이었다.

"여보게, 우리 몸이 의자에 붙었네."

"뭐라고?"

페이리토오스도 일어나려 했지만 꼼짝도 하지 못했다.

"이럴 수가!"

온몸에 힘을 줘봐도 의자에서 일어날 수 없었다. 그들의 등과 넓적다리는 의자의 일부가 되어버렸다.

"아, 큰일일세. 어쩌면 좋은가? 벌을 받은 건가?"

그들은 온몸을 흔들어봤지만 소용없었다. 하데스가 와서 풀어주기 전까지는 꼼짝없이 그대로 앉아 있어야 했다.

"아, 이곳에 오는 것이 아니었어."

이제 남은 것은 죽음뿐이라는 생각에 두 사람은 두려움에 벌벌 떨었다. 그제야 자신들이 오만하고 어리석었다는 것을 깨달았다.

"어서 빨리 하데스와 페르세포네가 와야 우리를 구해줄 텐데."

"죽일 때 죽이더라도 이 의자에서 우리를 떼어내 주면 좋겠어."

하지만 하데스는 나타나지 않았다.

며칠이 지나자 심부름꾼인 뱀 두 마리가 나타났다. 커다란 뱀이 다가와 그들을 의자와 함께 휘감더니 똬리를 틀었다. 이제 뱀이 물어뜯기만 하면 그들은 영락없이 죽게 된다. 페이리토오스는 죽기 전에 테세우스에게 사과하고 싶었다.

"테세우스, 정말 미안하고 면목이 없네. 잘 살고 있는 자네를 이곳까지 끌고 와서 험한 꼴을 당하게 되었네."

"무슨 소리인가? 내가 원해서 따라온 것이네. 우리 둘이 힘을 합쳐서 더욱 강해지지 않았는가. 하지만 우리가 오만해진 나머지 그 힘을 부끄러운 곳에 써버렸어. 나는 헬레네를 납치했고, 자네는 하데스 신의 아내와 결혼하겠다고 했으니 말이야. 어쩌면 이런 벌을 받는 것이 당연하다는 생각이 들어."

두 사람을 휘감고 있는 뱀은 다행히 물어뜯지는 않았다. 그들은 형벌을 받듯이 의자에 붙은 채로 어둠 속에서 하염없이 자신들의 운명을 기다리고 있었다.

그때 지하 세계에서 시끌벅적하고 요란한 소리가 들렸다. 알고 보니 거대한 영웅 하나가 나타난 것이다. 바로 헤라클레스였다. 마침 그가 자신의 과업인 저승의 개 케르베로스를 데려가려고 들어온 참이었다.

테세우스는 헤라클레스를 보는 순간 너무 반가워서 소리쳤다.

"헤라클레스, 여길세."

아마조네스 왕국에도 함께 쳐들어갔던 옛 전우 테세우스가 헤라클레스를 불렀다.

"자네가 어찌하여 여기 와 있는가?"

헤라클레스는 깜짝 놀랐다.

"자세한 이야기는 나중에 해주겠네. 일단 나를 좀 풀어주게."

"알겠네!"

헤라클레스는 두 사람을 칭칭 감고 있는 뱀 두 마리를 간단히 해치웠다.

"자, 어서 일어나게."

그러나 테세우스는 난감한 표정으로 말했다.

"몸이 의자에 달라붙어서 떨어지지 않아."

"잠깐만 기다려보게."

헤라클레스는 온몸에 힘을 주어 테세우스를 끌어당겼다. 마침내 괴력에 의해 테세우스가 의자에서 떨어져 나왔다. 입고 있던 옷이 뜯겨 나간 것 말고 별다른 상처는 없었다.★

페이리토오스도 떼어내려 했지만 헤라클레스의 힘으로도 소용없었다.

"아, 이것은 나도 어쩔 수가 없네. 신들이 풀어주려고 하지 않는 것 같아. 너무 큰 죄를 지었나 보군."

그리하여 페이리토오스는 저승 세계를 빠져나오지 못하고, 테세우스만 지상으로 돌아왔다.

한편 테세우스가 없는 사이에 아테네는 혼란에 빠져버렸다. 헬레네의 오빠인 카스토르와 폴리데우케스는 테세우스가 헬레네를 납치했다는 사실을 알고 시민들을 독려했다.

"아테네 놈들이 우리 스파르타의 여인들을 마구 훔쳐 가도 된단 말인가? 아테네로 쳐들

여기서 잠깐!!

일설에 의하면 이때 테세우스는 엉덩이의 살이 다 뜯겨 나갔다고 해. 그래서 이후에 나오는 그의 그림을 보면 엉덩이에 살이 없는 걸로 묘사되지. 신의 뜻을 어기면 대가를 지불해야 한다는 점에서는 이런 해석이 설득력이 있어. 인간 세상의 관점으로는 무모한 짓을 하면 그 피해가 자신에게 미친다는 교훈을 주지. 남의 아내를 뺏으러 하데스까지 가는 무모함은 결코 그냥 넘어갈 수 없는 일이니까.

어가서 저들을 무찌르고 헬레네를 구하자!"

곳곳에서 청년들이 들고일어났다. 그리하여 스파르타 군사들이 아테네로 몰려와 곳곳을 불태우고 약탈하고 여자들을 붙잡아 갔다.

하지만 그들은 아테네 전역을 뒤져도 헬레네를 찾아낼 수 없었다. 헬레네를 찾지 못하면 매일 백 명씩 죽이겠다고 엄포를 놓자 결국은 아카데모스★라는 자가 나섰다.

"내가 알려드리겠소. 사람들을 죽이는 일은 제발 그만두시오!"

그들은 이미 아테네와 아티카 지역을 쑥대밭으로 만들고 있었다. 여자 하나 때문에 더 이상 희생을 치를 수가 없었다.

"테세우스 왕의 어머니가 헬레네를 보호하고 있소."

아티카의 아피드나이 마을로 달려간 그들은 마침내 아이트라의 집에서 헬레네를 찾아냈다. 그리고 아이트라를 노예로 잡아갔다.

카스토르와 폴리데우케스는 테세우스가 없는 사이에 아테네를 다스리던 테세우스의 아들 데모폰을 몰아내고 테세우스의 사촌인 메네스테우스를 허수아비 왕으로 세워놓았다.

저승 세계에서 겨우 탈출하여 아테네로 돌아온 테세우스는 비참한 심정으로 사촌인 메네스테우스를 찾아갔다.

"내가 없는 사이에 아테네가 위기에 처했었군. 하지만 내가 아테네의 왕이네."

그러나 메네스테우스는 냉소적인 표정으로 말했다.

"사사로운 일로 이 나라를 떠날 때는 언제고, 이제 와서 왕위를 달라는 것이오? 당신이 없는 사이에 우리 아테네 사람들은 수많은 곤욕을 치렀소. 스파르타군이 쳐들어온 것은 누구 때문이오? 당신이 헬레네를 납치해 왔기 때문이 아니오?"

그는 아테네가 멸망에 가깝게 파괴된 것은 모두 테세우스 때문이라고 몰아붙였다. 덩달아 아테네의 여론도 좋지 않았다. 왕이 자리를 비웠기에 피해가 더 막심했던 것이다.

"왕이라면 늘 백성들과 함께해야 하는 거 아냐?"

"맞아, 맞아. 도대체 어딜 갔다 온 거야? 남의 나라 어린 여자아이를 훔쳐서 데려온 바람에 온 나라를 전쟁으로 몰아넣고 수많은 사람들이 죽었잖아."

테세우스는 백성들에게 버림받았다. 자신이 힘들게 키워놓은 나라였지만 자신의 잘못으로 짓밟힌 것이다.

테세우스는 모든 것을 내려놓고 걸인의 옷을 걸친 채 방랑길에 나섰다.

'조용한 곳에 가서 이름 없는 늙은이로 생을 마쳐야겠다.'

그때 그의 뇌리에 떠오른 곳은 스키로스섬이었다. 테세우스가 태어나기 전 아버지 아이

여기서 잠깐!!

아티카의 용사야. 헬레네의 오빠들이 쳐들어와서 온 나라를 쑥대밭으로 만들자 그는 할 수 없이 시민들을 보호하려고 헬레네를 숨겨놓은 장소를 알려주었어. 그래서 그가 죽은 뒤 사람들은 그의 무덤을 성역화했지. 훗날 플라톤이 그곳에 아카데미아라는 교육기관을 만들었고 오늘날 학술기관을 뜻하는 아카데미가 여기서 유래한 거야.

게우스가 아테네를 떠나 잠시 머물렀었고, 자신의 영토가 조금 있는 곳이었다.

'스키로스섬에 가서 농사나 지으며 여생을 보내야겠다.'

테세우스는 배를 타고 홀로 스키로스섬에 갔다. 그곳의 리코메데스 왕이 자신의 땅을 잘 지켜주고 있을 거라고 믿었다.

리코메데스는 테세우스를 반갑게 맞이해주었다.

"오신 것을 환영합니다. 그런데 어찌하여 이런 모습입니까?"

그는 초라하게 늙은 테세우스를 위로하려는 듯이 다가왔다.

"내 땅에서 조용히 살다 죽을 생각이오. 내 땅을 좀 보여주시오."

"전하의 땅은 직접 가서 확인하시면 됩니다."

리코메데스는 연회를 베풀어 그를 위로해주었다.

테세우스는 비로소 안심했다. 자기가 마지막으로 몸 하나 누일 곳을 찾았기 때문이다.

다음 날 아침 리코메데스는 테세우스와 함께 길을 나섰다.

"자, 이쪽으로 오십시오. 이 절벽에서 보면 저쪽에 큰 나무가 있지 않습니까? 저 나무까지가 전하의 땅입니다."

"아, 그렇구려. 이곳에서 포도나무를 심고 움막을 짓고 살기에는 충분하겠군."

"자, 이쪽 바다를 보십시오. 얼마나 아름답습니까?"

리코메데스는 드넓은 에게해를 가리켰다. 테세우스는 바다를 마주하고 있으니 온몸에 기운이 빠지는 것 같았다. 어찌하여 자기가 이렇게 몰락했나 싶었다. 그가 넋을 놓고 바다를 바라보고 있을 때였다.

"자, 이제 당신의 행운은 내가 대신해주지."

그때 뒤에 있던 리코메데스가 갑자기 테세우스의 등을 떠밀었다. 테세우스는 절벽 아래로 떨어져 생명을 다하고 말았다. 리코메데스는 갑자기 나타난 테세우스가 왕위를 빼앗을까 봐 두려웠던 것이다.

이로써 백성들을 위해 사랑하고 봉사하던 위대한 지도자 테세우스는 세상을 떠났다.★

훗날 메네스테우스 왕이 트로이아 전쟁에 나가서 죽자 테세우스의 아들 데모폰이 아테네 왕위를 물려받았다. 사람들은 그제야 테세우스가 훌륭한 영웅이었음을 다시 기억했다.

데모폰은 아버지의 명예를 되살렸고, 용감히 싸워서 아버지의 명예를 드높였다. 트로이아 전쟁에서도 목마 속에 들어간 장수 가운데 하나로 승리를 이끄는 데 큰 기여를 했다.

여기서
잠깐!!

사실 테세우스의 비극적인 죽음은 납득이 잘되지 않아. 크게 잘못한 것도 없는데 말이야. 일설에 의하면 이건 바로 테세우스가 아버지를 죽음으로 내몰기 위해 일부러 돛의 색깔을 바꾸지 않은 벌이라고 해. 신들은 권력에 대한 야망으로 아버지를 자살하게 만들고 그 자리를 차지한 테세우스를 기억하고 있다가 똑같은 방식으로 죽게 만들었다는 거지. 우연의 일치라고 하기에는 너무 흡사해.

10

오이디푸스와 스핑크스

어느 날 테베의 라이오스★ 왕은 환희에 사로잡혔다. 시종이 달려와 기쁜 소식을 전했기 때문이다.

"대왕이시여, 왕비님께서 왕자님을 순산하셨습니다."

"오, 그래? 왕비와 왕자 모두 건강한 것이냐?"

"네, 아주 건강하십니다."

오랫동안 자식이 태어나지 않다가 귀한 아들을 낳자 라이오스 왕은 온 나라에 축제를 열라고 명령했다.

"모두 왕자의 탄생을 축하하고 건강을 기원하라!"

축제가 시작되었을 때 왕비는 갓난아기를 안고 발코니에 모습을 드러냈다.

"왕비님 만세!"

"왕자님 만세!"

시민들은 모두 기쁨에 들떠 진심 어린 축하를 보냈다. 이오카스테 왕비는 며칠 전 아기를 낳은 여인의 모습이 아니었다. 여전히 10대의 청순한 미모를 갖추고 있었는데, 그 비밀은 바로 그녀의 목에 걸린 '하르모니아의 목걸이'였다.★

하르모니아는 전쟁의 신 아레스와 미의 여신 아프로디테의 딸이다. 그녀는 카드모스와 결혼할 때 신들에게 특별한 선물을 많이 받았다. 그 가운데 헤파이스토스가 만든 마법의 목걸이도 있었다. 하르모니아는 헤파이스토스에게 당돌하게 요구했다.

"제가 받고 싶은 것은 몸에 지니고 있는 동안 늙지 않고 미모를 유지하는 목걸이예요."

헤파이스토스는 놀라서 다시 한번 물었다.

"그런 목걸이는 불행을 불러오는데도 괜찮으냐?"

"아름다움을 위해서라면 어떤 불행도 받아들일 수 있어요. 젊음은 그만한 가치가 있으니

여기서
잠깐!!

카드모스의 증손자인 라이오스가 어릴 때 아버지가 세상을 떠나고 외할아버지의 형제인 리코스가 라이오스 대신 섭정을 했지. 그런데 리코스의 조카 손자인 제토스와 암피온이 어머니 안티오페를 학대한 리코스를 죽이고 왕국을 차지하자 라이오스는 피사의 왕 펠롭스에게 도망쳤어. 하지만 암피온과 제토스가 죽자 다시 테베의 왕으로 추대되었지.

● ● ●

이때 하르모니아가 받은 선물 중에 유명한 것이 예복과 목걸이야. 예복은 아프로디테 또는 아테나의 선물이었고, 목걸이는 남편 카드모스가 주었다는 설도 있지. 아무튼 중요한 건 인간의 본성이나 운명을 거스르는 신들의 선물은 불행의 씨앗이라는 거야. 영원히 죽지 않는다거나 늙지 않는다는 것, 혹은 초능력이나 어마어마한 부와 권력은 동서고금을 막론하고 위험한 소원이라는 교훈을 주지.

까요."

하르모니아는 결국 뱀으로 변한 뒤 목걸이만 남기고 사라졌다.★ 이 목걸이는 이 사람 저 사람의 손을 거쳐 이오카스테의 목에 걸리게 되었다. 물론 이오카스테는 불행을 가져오는 목걸이라는 것을 전혀 믿지 않았다.

"그 따위 미신을 믿다니, 어리석은 자들이구나."

목걸이를 손에 넣은 후로 이오카스테의 미모는 세월이 흘러도 변하지 않았다. 불행은 사실 목걸이 자체에서 오는 것이 아니라 바로 이런 능력에서 오는 것임을 왕비는 전혀 알지 못했다.

"이제 신전에 가서 이 아이의 운명을 들어봅시다."

왕은 왕비와 함께 델포이 신전으로 갔다. 제물을 바치고 의식을 마치자 신전의 사제가 거칠지만 웅장한 목소리로 신탁을 알렸다.

"이 아이는 영웅의 삶을 살 것이다. 지혜롭고 뛰어나며 그 힘을 따라올 자가 없다. 하지만 불행하게도 아버지를 죽일 운명이다."

"뭐라고?"

그 순간 왕과 왕비, 그리고 신하들 모두 얼어붙었다. 아들이 아버지를 죽인다는 무시무시한 신탁이었다. 그러나 신탁은 아직 끝나지 않았다.

"그리고 이 아이는 어머니와 동침하게 된다."

라이오스 왕은 소름 끼치도록 놀랐다. 왕과 왕비는 귀하게 얻은 아들이 어마어마한 불행을 불러온다는 신탁을 받고 침울한 표정으로 궁에 돌아왔다.

"이 아이의 운명을 어찌하면 좋겠소?"

왕의 물음에 왕비가 대답했다.

"당신을 죽이고 나와 동침한다니 있을 수 없는 일이에요. 아무리 아이가 귀엽고 사랑스러워도 그런 일이 일어나게 해서는 안 됩니다."

왕은 자신이 끔찍한 운명의 희생자가 되어야 한다는 사실에 고통스러웠다. 어떻게 하면 신탁을 피할까 고민하던 끝에 라이오스는 자신의 염소와 양을 기르는 양치기를 불러서 일렀다.

"이 아이는 저주받은 아이다. 내 아이를 내가 직접 죽일 수는 없으니, 한적한 곳에 데려가 나무에 매달아 놓아라. 그러면 아마 산짐승들이 처리할 것이다."

"분부하신 대로 어김없이 수행하겠습니다."

양치기는 아기를 받아 안고 누구의 눈에도 띄지 않게 궁을 빠져나왔다. 키타이론산으로 들어간 양치기는 아이의 양발을 뚫어서 힘줄 사이로 끈을 꿰었다.

그러면서 늙은 양치기는 혼자 중얼거렸다.

"아아, 대왕이시여, 왜 젊은 시절에 감당할 수 없는 죄를 저지르셨습니까? 신들의 기억은 바위에 새긴 글자보다 더 오래가는 것입니다."

여기서 잠깐!!

하르모니아를 제우스와 엘렉트라의 딸이라고도 해. 하르모니아는 화합, 조화, 균형을 의미하지. 별다른 신화는 없어. 다만 카드모스와 사이에서 자식들을 여럿 낳았는데, 모두 하나같이 비참한 운명을 맞이했대. 카드모스가 아레스의 아들인 용을 죽여서 저주가 내려졌기 때문이라는 이야기가 있지. 자식들의 불행 앞에 괴로워하던 카드모스는 차라리 자신에게 벌을 내려달라고 아레스에게 애원했고, 그 자리에서 뱀이 되었어. 그것을 본 하르모니아가 남편과 함께하겠다고 기도해서 결국 부부가 함께 뱀이 되고 말았어.

양치기는 라이오스 왕의 죄를 알고 있었다.

라이오스는 왕이 되기 전에 정적인 암피온과 제토스의 박해를 피해 피사의 왕인 펠롭스에게 가서 몸을 의탁했다. 그때 그는 펠롭스의 아들 크리시포스를 보고 한눈에 반해버렸다.

"아, 저게 남자인가, 여자인가?"

크리시포스는 남자든 여자든 보는 순간 황홀에 빠져드는 아름다운 청년이었다.

"크리시포스! 나는 너 같은 잘생긴 동생을 두는 것이 소원이었다. 나와 친하게 지내자."

순진한 크리시포스는 듬직한 라이오스를 잘 따랐다. 라이오스는 테베로 다시 돌아가게 되자 크리시포스를 꾀었다.★

"크리시포스, 나와 함께 테베에 가서 살지 않으련? 너 같은 청년은 더 넓은 세상을 봐야 해. 그래야 영웅이 될 수 있어."

달콤한 말에 속은 크리시포스는 라이오스를 따라 테베로 갔다. 그러나 라이오스의 목적은 크리시포스의 성장을 이끌어주는 것이 아니었다. 라이오스는 크리시포스를 강제로 성추행했다. 크리시포스는 격렬히 저항했다.

"이러지 마세요. 우리는 의형제 아닙니까? 고향으로 돌아가 부왕께 이 사실을 고하겠습니다."

그 말은 비겁한 라이오스의 불안감을 건드렸다. 그는 차고 있던 칼을 뽑아 그만 저항하는 크리시포스를 죽이고 말았다. 자신을 구해주고 돌봐준 펠롭스의 은혜를 원수로 갚은 것이다.

이 소식이 펠롭스 왕의 귀에 들어가는 데는 그리 오래 걸리지 않았다.

"감히 라이오스가 내 아들을 죽였다고?"

왕은 분노하며 절규했다. 당장 군사를 이끌고 가서 응징하고 싶었다. 하지만 주변의 다른 도시국가가 노리고 있었기에 원정을 가기가 여의치 않았다. 그 대신 펠롭스 왕이 선택한 방법은 신전에 나아가 저주를 퍼붓는 것이었다.

"신이시여! 나의 사랑하는 아들을 죽인 라이오스를 저주합니다. 그가 아들을 낳으면 반드시 그 아들의 손에 죽게 해주소서! 그리고 그 어미와 동침하게 하소서. 억울하게 아들을 잃은 이 아비의 분통함과 억울함을 꼭 기억하소서."

올림포스의 신들은 이 끔찍한 저주를 기억하고 있었다. 그만큼 라이오스의 죄는 신들의 노여움을 크게 샀다.

하지만 갓 태어난 사랑스러운 아기를 죽이라는 명령을 흔쾌히 수행할 수 있는 사람은

여기서 잠깐!!

《그리스 로마 신화》는 인간의 윤리와 도덕보다 오랜 역사를 가지고 있지. 그래서 이야기 속에 인간의 다양한 본성이 다 드러나. 동성애 이야기도 많이 나오는데, 이것도 남자가 남자를 사랑하는 내용이야. 오늘의 기준으로 보면 비윤리적인 일들도 신화의 시대에는 크게 문제될 것이 없었어.

없었다.

"아무 죄 없는 갓난아이를 죽음으로 내몬다면 나 또한 저주를 받을지도 몰라."

양치기는 차마 아기를 죽게 놔둘 수 없었다.

'나무에 매달아 놓으면 아이 울음소리를 듣고 누군가 데려가겠지.'

양치기는 키타이론산의 깊은 숲속 오솔길 옆 나무에 아이를 거꾸로 매달아 놓고 덤불 속에 숨어서 지켜보았다.

"응애! 응애!"

거꾸로 매달린 아기는 자지러질 듯 울었다. 사실 양치기에게는 또 다른 계획이 있었다. 이 숲은 코린토스와 맞닿은 국경 지대였다. 양치기들은 국경 개념이 없어 수시로 이웃 나라를 넘나들곤 했다. 그러다 보니 누군가 아이의 울음소리를 들을 거라고 생각했다. 아니나 다를까 곧 코린토스의 양치기가 나타났다.

"아기 울음소리 아냐?"

그는 오솔길을 헤치고 다가오더니 우는 아기를 발견하고는 황급히 달려와 끌어 내렸다.

"누가 갓난아이를 나무에 걸어놨지?"

사방을 둘러보았지만 아무도 없었다. 코린토스의 양치기는 우는 아기에게 양젖을 먹여 허기를 달래주고 발에 꿴 끈을 빼낸 뒤 포도주를 부어 소독했다. 아기의 상처는 이미 퉁퉁 부어 있었다.

'이 아이를 대왕에게 데려가야겠다.'

다음 날 양치기는 아기를 안고 코린토스의 폴리보스 왕에게 갔다.

"대왕이시여, 숲에서 갓난아이를 발견했습니다."

폴리보스는 잘생긴 갓난아이를 보자 눈을 휘둥그렇게 떴다.

"그런데 이 아이의 발은 왜 이리 부어 있느냐?"

"누가 발의 힘줄에 끈을 꿰어 나무에 걸어두었습니다."

"이런! 그렇다면 이 아이의 이름을 오이디푸스로 정해라."

오이디푸스는 '부은 발'이라는 뜻이다.

이때 소식을 들은 메로페 왕비가 와서 아기를 받아 안았다.

"귀엽기도 해라. 이렇게 사랑스러운 아기를 누가 버렸단 말인가."

부드러운 여인의 품에 안기자 오이디푸스는 가슴으로 파고들었다. 그 순간 메로페의 가슴속에서 모성애가 무럭무럭 피어났다.

"이 아이는 부모가 나타날 때까지 제가 기를게요."

폴리보스 왕과 메로페 왕비는 아이의 친부모가 이웃 나라 테베의 라이오스 왕이라는 것을 꿈에도 모른 채 오이디푸스를 아들처럼 키웠다. 오이디푸스는 왕과 왕비의 유일한 기쁨이자 희망이었다.

그로부터 20년의 세월이 흘러 오이디푸스는 건장한 청년으로 자라났다. 왕실에서 최고의 교육을 받고 지적으로나 신체적으로 부족함이 전혀 없었다.

어느 날 궁에서 열린 연회에서 왕족과 귀족들이 모두 모여 즐거운 시간을 보내고 있을 때였다. 오이디푸스는 이곳저곳을 다니며 손님들을 접대했다. 그런데 술 취한 왕족 하나가 오이디푸스에게 해서는 안 될 말을 하고 말았다.

"오, 잘생긴 왕자, 오이디푸스. 네가 진짜 이 왕국의 왕이 될 거라고 믿느냐?"

"너무 취하셨군요. 제가 잠자리로 모시겠습니다."

오이디푸스는 정중하게 그를 피하려 했다.

"너는 왕과 왕비의 친자식이 아니야. 그러니까 이 나라를 네가 차지할 거라는 기대는 하지 않는 것이 좋아."

"그게 무슨 말입니까?"

"너는 산속에 버려진 아기를 주워다 기른 업둥이란 말이다. 하하하!"

이때 폴리보스 왕이 곧바로 나섰다.

"무엄하구나! 술에 취해 쓸데없는 이야기를 떠벌려 왕자의 마음을 어지럽히느냐?"

왕의 꾸지람에 취객은 더 이상 말을 잇지 못하고 물러났다.

왕은 오이디푸스에게 말했다.

"아들아, 미치광이의 말이니 마음에 담아두지 말거라."

하지만 술에 취해 허튼소리를 했다고 하기에는 폴리보스 왕의 얼굴에 당황한 기색이 역력했다. 오이디푸스는 자신이 모르는 진실이 있다는 것을 짐작했다. 그러나 궁 안의 어느 누구도 이야기해주지 않았다. 대부분 자세한 내막은 알지 못했고, 알 만한 사람은 쉬쉬하는 상황이었다.

'어쩔 수 없구나. 내가 직접 신들에게 물어봐야지.'

오이디푸스는 문제가 있으면 스스로 해결할 수 있는 성인이었다. 그는 델포이 신전을 찾아가서 제물을 바치고 제를 올린 다음 물었다.

"신이시여, 저는 누구입니까? 지금의 왕과 왕비께서는 저의 친부모가 아닙니까?"

사제는 신의 목소리를 전했다.

"너는 아버지를 죽이고 네 어머니와 동침할 운명이다. 신들이 정한 운명이니, 인간의 힘으로 벗어날 수 없다."

오이디푸스는 상상도 하지 못했던 자신의 운명을 듣고 큰 충격에 빠졌다.

'이럴 수가! 어떻게 이런 운명을 타고났단 말인가?'

오이디푸스는 고뇌에 빠졌다.

'패륜아가 될 수는 없어. 그러느니 차라리 이곳을 떠나야겠어.'

운명이라고는 하지만 아무것도 하지 않고 그대로 있을 수는 없었다. 오이디푸스는 코린토스를 멀리 떠나기로 결심했다. 하지만 신탁을 잘 해석해야 한다. 사제는 아버지를 죽일 거라고 했을 뿐 그것이 양부모라는 말은 하지 않았다. 오이디푸스는 모호한 신탁을 받고 자신의 운명으로부터 도망치려고 했다.

이때까지 오이디푸스의 친아버지 라이오스 왕은 여전히 살아 있었다. 하지만 은인의 아들 크리시포스를 살해한 죄와 문란한 성생활로 인해 헤라 여신은 라이오스를 벌하기로 했다.

"오만하기 짝이 없는 라이오스를 그대로 두어서는 안 되겠다."

헤라의 명령에 따라 테베의 외곽 지역에 괴물이 하나 나타났다. 얼굴은 아름다운 여인인데 몸은 사자이고 독수리 날개까지 달려 여기저기 마음대로 날아다니며 사람들을 해쳤다. 그 누구도 헤라가 보낸 이 괴물,

스핑크스를 잡을 수 없었다. 스핑크스는 '목 졸라 죽이는 자'라는 뜻이다. 헤라의 명을 받아 테베 서쪽에 자리 잡고 사람들을 공격했다.

공포에 빠진 테베의 백성들은 왕을 찾아가서 간청했다.

"왕이시여, 괴물을 처치해주십시오."

"벌써 피해를 입은 백성이 수백 명입니다."

그러나 어떤 강력한 영웅을 보내도 스핑크스에게 붙잡혀 살아 돌아오지 못했다. 스핑크스는 지나가는 사람을 붙잡아서 다정한 목소리로 수수께끼를 냈다.

"아침에 두 발, 점심에 세 발, 저녁에 네 발인 것이 무엇이냐?"

그러고는 수수께끼를 못 맞히는 사람은 그 자리에서 잡아먹었다. 인명 피해가 갈수록 커졌지만 라이오스는 도저히 해결할 방법이 없었다.

"이것은 인간의 힘으로 해결할 수 있는 문제가 아니다. 신탁을 받아봐야겠다."

라이오스는 길일을 택해 신탁을 받으러 델포이 신전으로 갔다.

이 무렵 오이디푸스도 마차를 몰고 델포이 신전으로 가는 오솔길을 거슬러 가고 있었다. 그는 좀 더 넓은 세상을 경험하기 위해 인접한 도시국가로 가는 길이었다.

"어떤 어려움이 있더라도 내 운명을 헤쳐 나가야 한다. 나는 절대 아버지를 죽이고 어머니와 정을 통하는 패륜아가 되지 않을 것이다."

오이디푸스는 새로운 나라에서 새로운 문물을 익힐 생각을 하며 조심조심 마차를 몰았다. 그때 맞은편에서 외치는 소리가 들렸다.

"이랴! 길을 비켜라!"

마차 한 대가 좁은 오솔길을 달려오고 있었다. 그 마차의 주인은 신탁을 받으러 델포이 신전으로 가고 있는 라이오스 왕이었다. 그의 머릿속에는 온통 스핑크스를 어떻게 처리할 것인가 하는 생각으로 가득 차 있었다. 테베와 인근 도시의 사람들이라면 라이오스의 마차를 알아보고 길을 피하거나 예를 표했을 것이다. 하지만 오이디푸스는 라이오스가 누구인지 알 리 없었다.

"마차의 속도를 줄여라!"

오이디푸스가 마차를 향해 우렁차게 외쳤다. 자칫 마주 오는 마차끼리 충돌할 수 있었다.

"네놈은 누구이길래 내 앞길을 가로막는 것이냐?"

가뜩이나 심기가 불편하던 라이오스는 못마땅한 얼굴로 마차를 멈췄다.

"이렇게 좁은 길에서 속도를 내면 얼마나 위험한지 모른단 말이오?"

라이오스는 화가 치밀었다. 왕의 앞길을 막아서는 것은 있을 수 없는 일이었다.

"무례한 놈 같으니! 감히 내가 누군 줄 알고 따지는 것이냐?"

화가 난 라이오스는 들고 있던 채찍을 허공에 휘둘렀다. 날카로운 소리가 났지만 오이디푸스는 꿈쩍도 하지 않았다. 라이오스는 다시 한번 채찍을 휘둘렀다. 이번에는 겁을 주는 것이 아니라 직접 오이디푸스를 노린 것이었다. 채찍은 그대로 허공을 가르고 날아가 오이디푸스의 어깨와 등을 매섭게 갈겼다. 오이디푸스의 피부가 갈라지고 피가 배어 나왔다.

오이디푸스

오이디푸스는 자신도 모르게 부모
와 관련된 비극적인 운명을 맞이한
왕이었어. 그는 새로운 가족과 살
았지만 결국 자신의 친부모와 얽힌
복잡한 운명을 피할 수 없었어. 운
명과 자신의 한계를 받아들이는 것
이 때로는 필요하다는 것을 깨닫게
해주지. 오늘날에는 아들이 아버지
에게 반감을 가지고 어머니를 차지
하려는 욕망을 심리학에서 오이디
푸스 콤플렉스라고 불러.

"사람에게 채찍을 휘두르다니 이런 모욕은 참을 수 없다!"

오이디푸스는 날아오는 채찍을 낚아채더니 라이오스의 마차에 뛰어올랐다.

"이런 발칙한 놈을 다 보았나!"

오이디푸스는 막으려는 마부의 멱살을 잡아 땅바닥에 내동댕이친 다음 라이오스를 마차에서 끌어 내렸다.

"무엄하다! 내가 누구인 줄 모르는 것이냐? 이 손을 놓지 못할까?"

늙은 라이오스가 저항하려 했지만 젊은 오이디푸스의 힘을 당할 수는 없었다. 오이디푸스는 라이오스를 번쩍 들어 올리더니 그대로 땅바닥에 패대기쳤다. 뇌가 깨진 라이오스는 그 자리에서 즉사하고 말았다. 이를 본 마부가 두려움에 떨면서 빌었다.

"사, 살려주십시오!"

"너는 썩 꺼져라. 누구에게도 네가 본 것을 말하지 마라."

"네, 평생 입을 다물고 살겠습니다."

오이디푸스는 마차를 버리고 오던 길을 되돌아 산속으로 들어갔다. 그는 자신이 누구를 죽였는지 전혀 짐작조차 하지 못했다. 그저 오만한 귀족 늙은이 하나를 죽인 줄로만 알았다. 채찍으로 사람을 후려치는 행위는 가장 큰 모욕이었다. 상대방을 짐승 취급한다는 뜻이었다. 그런 모욕을 당하고 가만히 있었다면 자신이 짐승이라고 인정하는 셈이었다. 모멸감을 느끼고 극도로 흥분한 오이디푸스는 힘이 과하게 들어간 나머지 상대방을 죽이고 말았다. 더 넓은 세상을 경험하고자 모험을 나선 오이디푸스가 처음으로 한 일이 바로 자신의 친부를 죽인 것이었다.

오솔길을 지나가던 사람들이 왕의 시체를 발견하고는 궁으로 가서 이오카스테 왕비에게 전했다.

신탁을 받으러 떠난 왕이 죽어서 돌아오자 왕비는 믿을 수가 없었다.

"아아, 이럴 수가! 이렇게 황망하게 돌아가시다니……."

왕비는 라이오스 왕의 시신을 거둬서 장례를 치렀다. 그리고 왕을 죽인 범인을 찾아내려고 전국에 수배령을 내렸지만, 어떤 실마리도 얻지 못했다. 이오카스테는 왕의 갑작스러운 죽음으로 인한 혼란을 수습하려고 오빠인 크레온에게 통치를 도와달라고 부탁했다. 그녀는 목걸이 덕분에 변함없이 젊은 시절의 아름다운 미모를 그대로 간직하고 있었다.

신하들은 왕비에게 하소연했다.

"왕비님, 아직도 스핑크스를 처치하지 못하고 있으니 인명 피해가 더욱 늘어날 뿐입니다."

"선왕께서도 그에 대해 신탁을 물으러 가는 길에 변을 당하지 않았소. 무슨 좋은 방법이 없겠소?"

"스핑크스를 죽이는 자에게 테베의 왕위를 준다고 하는 것은 어떻습니까?"

주변 나라들이 왕의 자리가 비어 있는 테베를 호시탐탐 노리고 있는 상황에서 위기를 극복할 묘안이었다.

"알았소. 스핑크스를 죽이는 용사에게는 테베의 왕위를 내어주고 나를 아내로 맞아들이게 해주겠다고 공표하시오."

그리스 전역에서 아름다운 이오카스테 왕비와 결혼해 테베의 왕이 되고자 나이를 불문하고 많은 영웅들이 몰려들었다. 그러나 그들은 번

번이 스핑크스의 제물이 되고 말았다.

다른 나라를 구경하고 테베로 들어온 오이디푸스도 포고령을 보았다.

'이거 흥미롭군. 괴물을 죽이면 나라도 차지하고 왕비와 결혼까지 할 수 있다고?'

오이디푸스는 늙은 왕비가 뭐 그리 매력적일까 싶었다. 하지만 먼발치에서 본 왕비는 20대와 같은 미모를 가지고 있었다. 오이디푸스는 왕비를 보자마자 한눈에 사랑에 빠지고 말았다. 저런 여자라면 당장 스핑크스를 죽이고 나라를 차지하고 싶었다.

오이디푸스는 사람들에게 물어보았다.

"스핑크스가 도대체 무슨 수수께끼를 내는 거요?"

하지만 그 누구도 어떤 수수께끼인지, 그 답은 무엇인지 알지 못했다. 왜냐하면 수수께끼의 답을 맞힌 사람도 없고, 스핑크스에게 붙잡혔다가 살아 돌아온 사람도 없었기 때문이다.

오이디푸스는 어디를 가면 스핑크스를 만날 수 있는지 물었다.

"스핑크스는 지금 테베 서쪽 피키온산의 바위에 올라앉아 있소. 너무 무서워서 누구도 가까이 가지 못한다오."

오이디푸스는 맨몸으로 스핑크스가 있다는 피키온산으로 갔다. 스핑크스는 무력으로 잡을 수 있는 괴물이 아니라 두뇌로 꺾어야 했다. 성문 밖 험한 길을 걸어가자 얼마 지나지 않아 바위에 앉아 있는 스핑크스가 보였다. 듣던 대로 미모는 신의 경지였다. 하지만 몸은 사자였고 거대한 날개가 달려 있었다. 보기만 해도 오금이 저렸다. 오이디푸스는 더 이상 잃을 것이 없다는 마음으로 담대하게 다가갔다.

스핑크스가 으스스한 목소리로 물었다.

"네놈이 죽고 싶어서 나에게 오는 것이냐?"

"그렇다."

"나의 수수께끼를 풀지 못하면 너를 잡아먹을 것이다."

"그럼 반대로 내가 수수께끼를 맞히면 너는 어쩔 것이냐?"

"그럴 일은 없을 것이다. 헤라 여신이 그렇게 만들었으니까. 만에 하나 네가 수수께끼를 맞힌다면 나는 저 절벽 아래로 떨어져 죽을 것이다."

"좋다. 제우스 신의 이름으로 이 계약은 성사되었다. 수수께끼를 내봐라!"

스핑크스는 날개를 펼쳐 바위에서 훌쩍 내려오더니 오이디푸스 앞에 섰다. 사자의 발을 오이디푸스의 양어깨에 얹고 아름다운 여인의 얼굴을 들이대며 물었다.

"좋다. 아침에 네 발, 점심에 두 발, 저녁에 세 발인 것은 무엇이냐?"

오이디푸스는 아찔했다. 평생 처음 들어본 수수께끼였다. 분명히 뭔가를 비유하는 것임은 짐작할 수 있었다.

"어서 대답해라."

"잠시 기다려라."

오이디푸스는 한쪽에 쭈그리고 앉아 생각했다. 자신을 보호하는 신이 있다면 이 어려운 수수께끼의 답을 알려달라고 마음속으로 기도했다.

'신이시여, 저에게 이 문제를 풀 수 있는 지혜를 주소서.'

그때 하늘 위로 헬리오스가 모는 태양의 황금 마차가 보였다. 그것을 보면서 오이디푸스는 한 가지 힌트를 얻었다.

'그래, 아침 점심 저녁은 시작과 끝을 말하는구나. 하루는 곧 인생의 축소판이야. 그렇다면 인간의 삶이겠네. 맞아!'

오이디푸스는 마침내 답을 찾았다. 웅크리고 있던 그는 자리에서 벌떡 일어났다.

"답을 말하겠다!"

"호호호! 어디 말해보아라!"

스핑크스는 답을 맞힐 리 없다는 듯 웃으며 다가왔다.

"그것은 바로 사람이다! 아침에 네 발은 아기가 네 발로 기는 것이다. 점심에 두 발은 성인이 되어 두 발로 걷는 것이다."

"그, 그렇다면 저녁에 세 발은 무엇이냐?"

"그건 노인이 되어 지팡이를 짚고 걷는 것이다. 이 수수께끼는 인간의 삶을 비유하는 것이다."

"아아! 크아오오!"

오이디푸스가 정답을 맞히자 스핑크스는 수치심을 느낀 나머지 번개같이 벼랑 끝으로 달려가 절벽 아래로 몸을 던졌다. 그러고는 마지막 저주를 퍼부었다.

"너는 네가 맞힌 수수께끼대로 살아갈 것이다."

괴물을 처치한 오이디푸스는 당당하게 테베 성에 입성했다. 그의 뒤로 테베의 시민들이 함성을 지르며 뒤따라왔다. 그들은 멀리서 오이디푸스가 스핑크스를 해치우는 장면을 훔쳐보았던 것이다.

"오이디푸스가 스핑크스를 해치웠다!"

"괴물이 스스로 절벽 아래로 몸을 던졌다!"

"오이디푸스 만세!"

그를 따르는 사람들의 행렬은 점점 더 늘어났다. 이윽고 행렬은 궁 앞에 도달했고 왕비는 오이디푸스를 영접했다.

"그대가 스핑크스를 물리친 영웅이로군."

"네, 왕비님. 테베를 위해 스핑크스를 처단했습니다."

"약속대로 그대를 왕위에 앉히고, 내 남편으로 받아들이겠다."

그리하여 오이디푸스는 자신도 모르게 신탁을 이행하고 말았다.

하지만 그 누구도 이 사실을 알지 못했다.

오이디푸스는 하루아침에 테베의 영웅이자 왕이 되었다. 죽은 라이오스 왕을 대신하여 왕좌에 앉은 그는 친어머니인 이오카스테와 결혼까지 하게 된 것이다. 이오카스테는 하르모니아의 목걸이를 가지고 있어서 오이디푸스를 낳았을 때와 똑같은 미모를 유지하고 있었다. 엄청난 축복이었지만, 결과적으로는 저주가 된 셈이다.

11

끝나지 않은 저주

이오카스테는 아들인 오이디푸스와 결혼해서 행복하게 살았다. 슬하에 아들 둘, 딸 둘을 낳았다. 폴리네이케스와 에테오클레스 형제, 안티고네와 이스메네 자매였다. 오이디푸스가 모르는 사이에 예언은 모두 실현되고 말았다. 오이디푸스에게는 네 남매가 모두 자식이지만, 어머니 이오카스테는 다섯 남매를 낳은 셈이었다.

하지만 오이디푸스는 다른 나라의 왕이나 영웅들과 달리 아름다운 아내에게 헌신적이었다. 괴물을 물리친 영웅이자 한 나라의 왕이라면 수많은 여인들을 취할 법도 하지만 후궁 하나 들이지 않았다. 이오카스테도 오이디푸스를 무척 사랑했다. 젊은 왕은 지혜롭게 선정을 베풀어 테베를 번영시켰다.

그러던 어느 날 이웃 나라 코린토스의 사신이 방문해 부고 소식을 알렸다.

"우리나라 왕께서 서거하셨습니다."

오이디푸스의 양아버지인 폴리보스 왕이 세상을 떠난 것이다. 오이디푸스가 테베의 왕이 되었다는 것을 알지 못한 채로 말이다.

오이디푸스는 슬퍼함과 동시에 안도했다. 자신이 아버지를 죽인다는 신탁이 이루어지지 않았기 때문이다.

'결국 신탁은 틀린 것이었어.'

하지만 이 사태를 못마땅해하는 것은 바로 헤라였다.

"오이디푸스가 아직도 자신의 운명을 알지 못하는구나. 테베에 역병이 돌게 해라."

신의 뜻은 가혹했다. 그날부터 테베 사람들은 격한 기침을 하고 피를 토하다 죽어나갔다. 같은 장소에만 있어도 감염되는 지독한 전염병이었다.

"역병을 멈출 방법이 없겠는가?"

오이디푸스는 사태를 수습하기 위해 신하들을 모아놓고 의논했다. 신하들은 이구동성으로 말했다.

"아무래도 신의 뜻을 어긴 것 같습니다. 신탁을 받아보시지요."

오이디푸스는 이오카스테의 오빠인 크레온을 보내기로 결심했다.

"그대가 가서 신탁을 듣고 오시오."

크레온은 델포이 신전으로 가서 제물을 바치고 사제에게 신탁을 들었다.

"왜 이런 고난이 우리 테베에 끊이지 않는 것입니까?"

"신들이 말한다. 테베에 아직 있다."

"누구를 말씀하시는 것입니까?"

"라이오스 왕을 살해한 자가 테베를 떠나지 않고 있다. 그자가 사라져야 역병도 사라지리라!"

크레온은 서둘러 테베로 돌아와 신탁의 내용을 알렸다.

"그렇다면 당장 선왕인 라이오스 왕을 살해한 범인을 찾아라. 그 사건의 목격자라도 좋다. 특히 사라진 마부를 찾아보아라!"

선왕을 죽인 범인을 찾느라 테베는 온통 혼란스러웠다. 범인을 찾아야 역병도 멈춘다고 하니 머뭇거릴 시간이 없었다. 하지만 백방으로 수소문을 해도 범인은커녕 목격자도 나타나지 않았다.

오이디푸스는 추가로 포고령을 내렸다.

"범인을 잡으면 형벌로 그자의 눈을 멀게 만들고 테베에서 영영 쫓아내겠다."

그는 살인자를 찾기 위해 당대 최고의 눈 먼 예언가 테이레시아스를 데려오라고 했다.

테이레시아스는 안내자의 손에 이끌려 오이디푸스 앞으로 왔다.

"그대가 범인을 알 거라고 믿네. 부디 누가 범인인지 밝혀주게."

테이레시아스는 앞이 보이지 않았지만 신의 세계와 영적으로 통하는 예언가였다. 그는 신탁을 통해 오이디푸스가 선왕을 죽였다는 것을 알고 있었다. 하지만 진실을 말했다가는 자신의 목숨이 위태로울 수도 있었다. 오이디푸스는 막강한 권력을 가진 왕이 아니던가.

테이레시아스★는 할 수 없이 거짓으로 둘러댔다.

"이번에는 점괘가 잘 떠오르지 않습니다."

"당신 같은 최고의 예언가가 모른다면 대체 누가 안단 말이오?"

오이디푸스는 예언가를 탓하고는 다시금 명령을 내렸다.

"선왕이 죽는 광경을 목격한 사람들이 있는지 다시 조사하라!"

많은 사람들이 불려와 자신이 본 것을 증언했다. 그들은 모두 왕이 죽어 있는 모습만 보았을 뿐 누가 죽였는지는 보지 못했다고 대답했다. 그때 한 노인이 기억을 더듬어 새로운 증언을 했다.

"산에서 열매를 따다가 비명 소리를 듣고 산길을 내려가니 누군가 허둥지둥 도망치고 있었습니다. 그는 바로 왕의 마부였습니다. 아무래도 그 마부가 선왕을 죽인 듯싶습니다. 하지만 제가 죽이는 광경을 목격한 것은 아닙니다."

오이디푸스는 온 나라를 샅샅이 뒤져서라도 당장 그 마부를 찾아오라고 명령했다. 그때까지도 그는 자신이 죽인 오만한 귀족 늙은이가 선왕이라고는 미처 생각지 못했다. 그는 단호하게 말했다.

"마부를 찾으면 그가 범인인지, 그리고 어떤 일이 있었는지 알게 될 것이다."

왕의 명령에 따라 군사들은 영토 곳곳을 샅샅이 뒤져서 정체불명의 사람이 숨어 사는 곳을 하나하나 수색했다. 마침내 어느 산속 동굴에 숨어서 포도밭을 가꾸며 살던 마부를 발견했다. 온 얼굴에 털이 텁수룩한 노인은 두려움에 떨고 있었다.

"왕의 명령이다. 어서 궁으로 가자."

마부는 체념하고 그들을 따라갔다. 결국 올 것이 왔다고 생각한 것이다.

궁으로 들어온 마부는 곧바로 심문관 앞에 나가 심문을 받았다.

"너는 선왕의 마부가 맞느냐?"

마부는 모든 것을 내려놓고 순순히 대답했다.

"맞습니다."

"그런데 왜 모습을 숨겼느냐?"

"저는 두려워서 숨었을 따름입니다."

"네가 왕을 죽인 것이냐?"

"아닙니다. 저는 단지 살인범이 저마저 죽일까 봐 두려워 도망쳤을 뿐입니다."

마부는 자신이 알고 있는 사실을 모두 털어놓았다.

"저는 선왕을 죽인 자를 직접 보았습니다."

취조하던 심문관은 즉시 오이디푸스에게 보고했다.

"전하, 선왕의 마부를 찾아냈습니다."

오이디푸스는 즉시 명령을 내렸다.

"어서 내 앞에 데려오너라. 내가 직접 심문

여기서 잠깐!!

테이레시아스는 '조짐을 읽는 사나이'라는 뜻이야. 또 다른 이야기에서는 오이디푸스가 범인이라는 것을 그 자리에서 밝혔다고 해. 하지만 그것을 믿지 않은 오이디푸스가 망령난 점쟁이라고 쫓아냈다고 하지.

하겠다."

20년이나 숨어 살던 마부는 마침내 오이디푸스 앞에 모습을 드러냈다. 발치에 꿇어 엎드린 초라한 늙은이를 보고 오이디푸스가 물었다.

"선왕을 살해한 자를 두 눈으로 직접 보았단 말이냐?"

"그러하옵니다."

"그가 누구인지, 무슨 일이 있었는지 낱낱이 고하라!"

마부는 두려움에 떨면서 여전히 고개를 숙인 채 그날의 일을 이야기했다.

"선왕께서 고개를 숙이지 않고 뻣뻣하게 서 있는 그자에게 채찍을 휘두르니 그자는 놀라운 괴력으로 달려들어 저를 밀치고 선왕을 번쩍 들어 길바닥에 거꾸로 내동댕이쳤습니다."

마부의 이야기를 듣는 순간 오이디푸스는 등골에 식은땀이 흘렀다. 설마 하는 불길한 예감이 뇌리를 스쳤다.

"그, 그자가 어떻게 생겼는지 기억하느냐?"

오이디푸스의 목소리가 떨리기 시작했다.

"젊고 잘생겼으며 귀족의 풍모를 가지고 있었습니다."

"지금도 그자를 만나면 알아볼 수 있겠느냐?"

"제 평생 어찌 그자를 잊겠습니까?"

"……."

오이디푸스는 자신이 죽인 늙은 귀족이 선왕일지도 모른다고 생각했다. 그가 한동안 말이 없자 마부는 슬그머니 고개를 들어 자신에게 이것저것 묻는 왕을 올려다보았다.

"앗!"

그 순간 마부는 뒷걸음질을 치면서 손가락을 들어 미친 듯이 외쳤다.

"오, 신이시여! 이 늙은이에게 저주를 내리소서! 어찌하여 헛것이 보입니까? 어찌하여 그 살인자가 저 자리에 앉아 있단 말입니까! 오, 신이시여!"

마부가 고개를 들자 오이디푸스 역시 그의 얼굴이 또렷이 기억났다.

"아, 너는 바로 나를 모욕했던 자의 마부!"

"살인범이 왕이 되다니! 왕을 죽인 살인범이 왕이……."

궁 안의 모든 사람들은 오이디푸스를 바라보았다. 모든 것이 만천하에 드러나고 말았다. 믿을 수 없는 진실 앞에서 오이디푸스는 머릿속이 하얘지는 것 같았다. 이 엄청난 죄를 어찌해야 한단 말인가. 그는 이제 진실을 밝힐 수밖에 없었다.★

오이디푸스는 피를 토하듯 모든 사실을 털어놓았다.

"저 마부의 말이 맞다."

궁 안은 낮은 신음 소리로 가득했다.

여기서 잠깐!!

인간이 성장하는 데는 어머니의 희생이 절대적이야. 오래도록 자녀를 품에 안아 젖을 먹이고 키워야 하니까. 자녀에게 엄마의 품은 더할 나위 없이 안락한 곳이지. 그런데 이런 엄마의 품을 가끔 빼앗는 자가 있어. 그건 바로 아버지야. 아버지는 소중한 엄마의 품을 침범하는 나쁜 존재가 되지. 무의식적으로 동성인 아버지를 미워하고 이성인 어머니의 사랑을 구하려는 심리도 있다고 해.

"나는 테베로 오는 길에 선왕을 만났다. 나 역시 이웃 나라 코린토스에서 고귀하게 자란 사람인데 처음 본 선왕이 나를 짐승들이나 때리는 채찍으로 갈기니 그만 젊은 혈기에 무모한 짓을 저질렀다!"

"이, 이럴 수가!"

궁 안에 있던 모든 사람들이 충격에 빠졌다.

잠시 후 이 소식을 듣고 이오카스테 왕비를 비롯해 그의 아들딸들도 달려왔다.

"마부의 말이 사실입니까?"

왕비는 다급하게 물었다.

"사실이오."

"그, 그렇다면……."

오이디푸스는 앞뒤 사정을 따져보기 시작했다. 서서히 안개가 걷히는 듯 얽히고설킨 비극의 실마리가 풀렸다. 왕비는 바로 자신의 어머니였던 것이다. 오이디푸스는 절규했다.

"아아, 신이시여! 어찌하여 이런 끔찍한 비극을 저에게 내리십니까?"

뒤이어 모든 진실을 알게 된 이오카스테는 자신의 목걸이를 잡아 뜯으며 절규했다.

"아, 이 모든 것이 하르모니아의 목걸이 때문이다. 젊음을 유지한 것이 곧 불행을 불러오는 일이었다니!"

그녀의 목에서 목걸이가 떨어져 나가자 순식간에 왕비의 검은 머리는 하얗게 세고 얼굴은 쭈글쭈글한 노인이 되었다.

왕비는 오열하며 비틀거리는 걸음으로 사라졌다.

진실이 밝혀지자 오이디푸스는 자신이 내뱉은 말을 실행해야 했다.

"나는 범인의 눈을 멀게 하고 이 나라에서 추방하겠다고 선언했다. 그 말을 나 자신에게 집행하겠다."★

오이디푸스는 영웅답게 스스로에게 벌을 내리기로 결심했다.

"왕이시여! 부디 행동을 삼가소서!"

그러나 신하들이 말릴 겨를도 없이 오이디푸스는 돌아서 자신의 칼로 두 눈을 찔렀다.★ 그의 눈에서 피가 흐르자 달려와 통곡하며 붕대를 감아준 것은 안티고네였다.

"아버지! 불쌍한 우리 아버지!"

그녀는 오이디푸스의 딸이자 여동생이었다.

그때 왕비의 방에서 시녀가 절규하며 달려왔다.

"왕비님께서 그만 목을 매셨습니다!"

"뭐라고? 아, 잔인한 신이시여!"

오이디푸스는 불행이 한꺼번에 몰아치자 하늘을 보고 체념한 듯 말했다.

"아, 신이시여. 저에게 내려진 비극적인 운명이 다 이루어졌습니다. 이제 남은 것은 내가

여기서 잠깐!!

오이디푸스가 주는 교훈은 무엇일까? 오이디푸스는 괴물 스핑크스를 물리치고 혼자 힘으로 왕이 되어 아름다운 왕비까지 얻었어. 모든 사람들이 그토록 원하던 권력을 가졌지만 정작 자신이 누구인지 몰랐던 거야. 자신을 알지 못하면 어떤 명예와 권력도 의미가 없을뿐더러 불행을 불러온다는 교훈을 주지. 소크라테스의 '너 자신을 알라'는 말이 깊은 울림을 주는 이야기야.

● ● ●

일설에 의하면 오이디푸스는 이오카스테의 죽음에 충격을 받고 그녀의 몸에서 떼어낸 장신구로 눈을 찔렀다고 해. 사람들은 점점 더 극단적으로 끔찍한 이야기를 만들어내곤 하지.

나를 추방하는 것뿐입니다."

앞을 보지 못하는 오이디푸스는 더듬더듬 손을 뻗어 궁을 빠져나갔다. 스핑크스의 마지막 저주대로 그는 지팡이를 짚어야 걸을 수 있게 되었다. 그런 그에게 손을 내미는 사람은 아무도 없었다. 어쨌든 그는 선왕을 죽인 살인자였기 때문이다.

"아버지, 제가 모실게요."

그를 따라나선 것은 어린 딸 안티고네였다.

"저도 따라가겠어요."

그러자 이스메네도 함께 나섰다. 두 딸은 불행한 아버지와 운명을 같이했다. 두 아들 폴리네이케스와 에테오클레스는 테베에 남아 나라를 번갈아 통치했다.

12

프시케의 고난

인간들은 세상의 모든 아름다움을 관장하는 미의 여신 아프로디테를 찬양했다. 그리스인들은 그녀의 아름다움을 기리고 존중하는 의미에서 그녀의 신전에 제물을 바쳤다. 아프로디테는 틈만 나면 올림포스에서 자신의 신전으로 내려와 인간들이 바친 제물들을 바라보며 기뻐했다.

그런데 어느 순간 아프로디테의 신전에 제물이 놓이기는커녕 점점 황폐해지고 있었다.

"나의 신전이 어째서 이리도 삭막하단 말인가?"

분노한 아프로디테는 이유가 무엇인지 알아보기 위해 인간으로 변

신하여 그리스인들 사이에 스며들었다.

인간으로 변한 아프로디테가 사람들에게 물었다.

"이 세상에서 가장 아름다운 여인이 누구요?"

그러자 그리스인들은 이구동성으로 말했다.

"최고의 미인은 단연코 프시케지요."

"신들도 그녀의 미모를 따라갈 수 없을 거요."

사람들은 미의 여신 아프로디테를 제쳐놓고 왕국의 막내 공주인 프시케를 추앙하고 있었다. 그녀는 사람들이 아프로디테를 잊어버릴 정도로 아름다운 미모를 가지고 있었다.

"감히 인간이 신을 넘보다니? 그냥 둬서는 안 되겠다."

아프로디테는 자신의 아들 에로스를 보내서 프시케에게 고통을 주기로 했다. 에로스는 신과 인간을 사로잡을 수 있는 무기를 가지고 있었다.

"아들아, 프시케라는 계집에게 사랑의 화살을 쏘아라."

"어머니, 무슨 일로 그런 명령을 내리시는 것입니까?"

"저 계집아이가 인간의 도를 넘는 아름다움으로 내 마음에 상처를 주었다. 저 계집의 고통이 클수록 나의 기쁨은 커질 것이다."

"어머니 말씀대로 실행하겠습니다."

에로스는 즉시 지상으로 내려왔다. 높은 성벽 안에 자리 잡은 공주의 방에 스며든 에로스는 어둠 속에서 프시케가 잠자는 모습을 보았다.

'오, 정말 아름답긴 하구나.'

에로스는 적이 놀랐다. 자신이 지금까지 본 어느 신이나 인간보다 더 아름다운 여인이었다.

'이 여인을 누구와 사랑에 빠지게 할까?'

한참을 고민하던 에로스는 잠든 그녀에게 활을 쏘아서 그녀가 눈을 떴을 때 처음 보는 사람을 사랑하게 만들기로 했다. 에로스가 프시케의 가슴을 향해 사랑의 화살을 겨누었을 때였다.

"어머나! 누구세요?"

갑자기 이상한 기운을 느낀 프시케가 눈을 떴다.

"앗!"

그 순간 오히려 놀란 에로스는 시위를 당기고 있던 손을 놓아버렸다. 잘못 쏜 화살은 벽에 맞고 튕겨져 나와 그대로 에로스 자신의 심장을 관통했다.

사랑의 화살을 맞은 에로스는 프시케의 아름다움에 홀려 사랑에 빠지고 말았다. 칼로 흥한 자는 칼로 망하고, 말로 흥한 자는 말로 망한다고 했던가. 에로스는 비로소 사랑이 얼마나 고통스러운 것인지를 알게 되었다.

에로스는 얼른 프시케에게 말했다.

"아, 나는 당신을 흠모하는 자요."

에로스는 재빨리 안개를 피워 시야를 흐리게 한 뒤 프시케가 다른 남자에게 빠지지 않도록 마법을 걸어놓았다. 그리고 프시케가 잠드는 것을 지켜보다 조용히 빠져나왔다. 올림포스로 돌아온 에로스는 오로지 프시케만을 생각했다.

다음 날 아침에 일어난 프시케는 간밤의 일이 꿈인가 싶었다.

"참 이상한 일이 있었어. 잘생긴 남자가 내 방에 와서 나를 물끄러미 바라보고 있는 거야."

그 말을 들은 시녀들은 이구동성으로 말했다.

"공주님이 꿈을 꾸신 거 아니에요?"

"공주님 방은 늘 경비병과 저희가 지키고 있는 데다 창문은 밖에서 도저히 올라올 수 없는 높이잖아요?"

인간이 성벽 위를 기어 올라와 프시케를 만난다는 것은 불가능한 일이었다.

하지만 정작 고통에 빠진 것은 에로스였다. 사랑의 화살을 자신의 가슴에 쏘아버린 에로스는 프시케의 곁을 떠돌며 어떻게 하면 그녀의 사랑을 얻을 수 있을지 고민했다.

세월이 지나도 프시케는 여전히 사람들에게 추앙받았지만, 용감하게 나서서 청혼하는 남자는 없었다. 그도 그럴 것이 에로스가 방해했기 때문이다. 에로스는 프시케에게 청혼하러 오는 자들의 마차를 부수거나 병에 걸리게 하거나, 오는 길에 만난 다른 여자와 사랑에 빠지게 만들었다. 그렇게 해서 이웃 나라 왕자들은 아름다운 프시케에게 구애하러 올 수조차 없었다. 프시케에게 청혼할 수 있는 사람은 이 세상에 아무도 없었다.

결혼 적령기가 지났는데도 여전히 프시케가 혼자인 것을 답답해하던 왕은 아폴론 신전에 제물을 바치고 신탁을 들어보기로 했다.

"이 세상에서 가장 아름다운 내 딸이 왜 아직까지 결혼하지 못하는 것입니까?"

이때 에로스는 사제의 입을 빌려 자신의 뜻을 실현하려고 했다.

"산에서 결혼할 운명이다. 신부로 꾸며서 산으로 보내라. 그다음은 신들이 알아서 하리라!"

결혼도 하지 않은 어린 여자를 산에 보낸다는 것은 곧 죽음을 의미했다. 하지만 신의 뜻이라고 하니 달리 방법이 없었다.

슬프고 우울한 마음으로 돌아온 왕은 왕비와 딸들에게 말했다.

"프시케를 산으로 보내는 것이 신들의 뜻이라고 하는데, 이를 어떻게 하면 좋겠느냐?"

신탁의 내용을 들은 왕비는 울면서 말했다.

"안 됩니다. 프시케를 산으로 보낼 수는 없습니다."

모든 사람들이 말리고 나섰지만 정작 프시케는 달랐다. 이미 자신의 운명이 정해져 있다고 생각한 것이다. 더구나 꿈에서 잘생긴 남자를 본 뒤로 세상의 그 어떤 남자도 눈에 들어오지 않았다.

"아버지, 신들의 뜻에 따라 저는 산으로 가겠어요."

"너 혼자 산으로 가는 것은 너무 위험한 일이다."

"아니에요. 저는 산속에서 누군지 알 수 없는 남자를 만나 결혼하겠어요."

아무리 말려도 프시케의 고집을 꺾지 못했다. 왕은 결국 신랑 없이 결혼식을 치러주기로 했다. 성대한 결혼식은 곧 환송식이 되었다. 사람들이 프시케를 따라 산꼭대기로 올라가는 모습은 마치 장례 행렬과 같았다.

"프시케, 부디 목숨만이라도 부지하거라."

가족들과 시종들은 프시케 혼자 산속에 두고 내려오면서 발길이 떨어지지 않아 몇 번이고 뒤돌아보았다.

프시케는 오도카니 나무 밑에 앉아 있었다. 그녀는 신들이 자신을 지켜보고 있다는 것을 느꼈다. 그때 서풍의 신 제피로스가 나타나 바람의 손길로 프시케를 인도했다.★

"아, 서풍이 부는 것을 보니 동쪽으로 가라는 뜻인가 봐."

프시케는 자리에서 일어나 아름다운 숲과 계곡 사이를 걸어갔다. 그렇게 숲속을 거닐다 보니 어마어마한 궁전이 나타났다. 프시케는 호기심 어린 얼굴로 궁전에 들어갔다. 벽화와 장식품은 인간의 손길로 만들었다고 할 수 없을 만큼 아름다웠다.

"이렇게 깊은 숲속에 신들이 살 법한 궁전이 있다니?"

프시케는 궁전 안을 천천히 살펴보았다.

"공주님, 어서 오십시오. 저희는 보이지 않는 시종들입니다. 편안히 저희를 부려주십시오."

어디에서 들려오는지도 모를 목소리가 궁 안에 울려 퍼졌다. 하지만 프시케는 놀라지 않았다. 자신이 이곳까지 오게 된 것은 분명 신들이 인도한 것이라고 믿었다. 그녀는 편안하게 앉아서 보이지 않는 시종들이 차려준 음식을 맛보았다. 가히 신의 경지에 다다른 요리였다. 황홀하리만큼 맛있는 음식이었다.

"이곳이 나의 신혼집인가요?"

"맞습니다. 공주님은 이 궁의 주인님에게 선택받은 신부이십니다."

"그분은 도대체 누구인가요? 언제 오시나요?"

"오늘 밤에 오실 테니 기다리십시오."

프시케는 밤에 신랑이 찾아올 거라는 말을 듣고 목욕을 하고 방에서 가만히 기다렸다.

마침내 해가 지고 어둠이 드리우자 시종의 목소리가 다시 들렸다.

"주인님이 오셔도 절대 불을 켜지 마십시오. 주인님은 빛을 싫어하십니다."

"그래도 얼굴을 봐야 하잖아요."

"주인님 얼굴을 보는 순간 공주님은 주인님과 헤어져야 합니다."

엄중한 경고였다. 여기에는 그럴 만한 이유가 있었다. 인간이 신을 맨눈으로 바라보면 파멸하기 때문이다. 그래서 에로스가 미리 대비해둔 것이었다. 준비되지 않거나 신이 아닌 자들은 신을 직접 볼 수 없었다.

하지만 프시케는 남편을 만난다는 기대에 부풀어 어둠 속에서도 가슴이 설레고 행복했다.

"아, 좋아요. 음식도 맛있고 어디선가 아름다운 수금 소리도 들려요. 부모님과 언니들을 생각하면 마음이 아프지만, 이렇게 환대를 받고 있으니 아쉬움은 없어요."

그날 밤, 프시케가 기다리다 지쳐서 살포시

여기서 잠깐!!

제피로스는 아프로디테가 조개껍데기에 올라서서 바다에 떠다닐 때 키프로스 해안으로 바람을 불어 보내준 신이야. 미모의 여인을 도와주는 신으로 유명하지. 아프로디테의 탄생을 도운 제피로스가 이번에는 프시케를 행복한 곳으로 데려다주는 역할을 하고 있어.

잠이 들었을 때 어둠 속에서 에로스가 나타났다. 그는 프시케를 다정하게 안아주었다. 프시케는 어둠 속에서 아무것도 보이지 않았지만 근사한 몸을 가진 멋진 남자라는 것을 알았다.

다음 날 아침 프시케가 눈을 떴을 때는 창밖으로 이미 해가 중천에 떠 있었고, 신랑은 사라지고 없었다.

프시케는 보이지 않는 시종들에게 물었다.

"그분은 밤에만 왔다 가시나 봐요?"

그러자 시종의 목소리가 즉시 대답했다.

"그렇습니다."

"언제 그 모습을 볼 수 있나요?"

"그분을 볼 수는 없습니다. 그분은 신이기 때문입니다. 인간은 절대 신의 모습을 볼 수 없습니다."

시종의 목소리가 대답했다.

그때부터 프시케는 여왕처럼 궁에서 지내고, 밤에는 어둠 속에서 사랑하는 남편을 만나며 살아갔다.

시간이 지나 프시케는 임신을 했다. 그런데 가족이나 남편도 없이 혼자 있으니 우울하기 그지없었다. 호화롭고 안락한 궁전도 감옥처럼 느껴졌다.

"아, 궁에만 갇혀 있으니 너무 답답하고 힘들어."

시종들은 이야기를 나누고 언제든 부족한 것을 채워주지만 친구가 될 수는 없었다. 매일 반복되는 일상에 지친 프시케는 마침내 그날 밤에 찾아온 에로스에게 부탁했다.

"이곳의 생활이 편안하긴 하지만 너무 지루해요. 언니들이라도 와서 같이 얘기를 나누면 좋겠어요."

에로스는 당황하여 말했다.

"당신도 짐작했겠지만 이곳은 인간들이 올 수 없는 곳이오."

프시케도 알고 있지만 고향과 가족들이 너무 그리웠다.

"하지만 저는 너무 외로워요."

에로스도 프시케의 마음을 충분히 이해하지만 어쩔 수 없었다.

"조금만 기다리시오. 당신이 아기를 낳으면, 그 아이는 신이 될 수 있소. 그때까지만 참아요."

"그럼 아기를 낳을 때까지 계속 이렇게 지내란 말씀이세요?"

"아기를 낳고 나서 언니들을 만나는 것이 좋겠소."

그러나 프시케는 언니들 생각을 하자 더더욱 보고 싶어 미칠 지경이었다. 더구나 자신이 죽었는지 살았는지도 모르고 슬픔에 빠져 있을 가족을 생각하면 가슴이 아팠다.

"당장 언니들을 만나고 싶어요. 내 걱정을 하고 있을 텐데, 내가 잘 살고 있는 모습을 보여주고 싶어요. 내 아이가 곧 태어날 거라는 소식도 전하고요."

"몇 달만 기다리시오."

"더 이상 기다리기에는 이미 너무 지쳤어요."

눈물로 호소하는 여자를 이길 수 있는 남자는 없는 법이다. 에로스는 견디다 못해 마침내 승낙했다.

"그렇다면 좋소. 다만 명심하시오. 언니들에게 절대 나에 대해 말해서는 안 되오."

"정말 고마워요. 당신 얘기는 절대 하지 않을게요. 내가 사는 모습만 보여줄게요."

에로스는 서풍의 신 제피로스를 불러서 지시했다.

"프시케의 언니 둘을 이곳으로 데려다주세요."

제피로스는 마침 궁 밖에서 산책하고 있던 두 언니들을 살살 떠밀었다. 그녀들은 자신도 모르게 산으로 올라와 궁전 앞에 도착했다.

프시케는 언니들을 보고 버선발로 뛰쳐나갔다.

"어머, 언니들 너무 보고 싶었어요! 이게 얼마 만이에요."

"프시케, 살아 있었구나!"

"믿을 수가 없어!"

눈앞에 있는 것은 진짜 프시케였다. 언니들은 프시케를 끌어안고 껑충껑충 뛰며 기뻐했다.

"언니들 어서 안으로 들어와요."

프시케는 언니들을 궁 안으로 이끌었다. 보이지 않는 시종들의 극진한 대접과 화려한 궁전의 모습, 산더미처럼 쌓인 재물과 금은보화, 그리고 무엇보다 정체를 알 수 없는 프시케의 남편…….

"너는 정말 우리보다 훨씬 잘사는구나."

"우리가 괜한 걱정을 한 것 같아."

두 언니는 프시케와 함께 산해진미를 먹고 마시며 즐거운 시간을 보냈다. 하지만 두 언니는 프시케가 잘사는 모습을 보자 서서히 마음이 변하기 시작했다. 그들의 마음속에 질투의 마귀가 들어온 것이다.

"프시케의 남편이 누구이길래 이렇게 부유한 거야?"

"내 남편은 형편없는 인간인데 말이야."

"맞아. 내 남편도 한심하기 짝이 없잖아."

두 사람의 남편은 에로스와 비교할 수 없는 인간들이었다. 자신들이 초라하게 느껴지자 두 언니는 프시케의 남편에 대한 험담을 늘어놓기 시작했다.

"프시케, 네 남편은 어떤 사람이야?"

"도대체 누구야? 괴물 아니야?"

두 언니는 프시케의 남편에 대해 캐묻기 시작했다. 순진한 프시케는 에로스의 당부도 잊어버린 채 겸연쩍은 얼굴로 남편의 얼굴을 아직 보지 못했다고 털어놓았다.

"뭐라고? 아직까지 남편의 얼굴을 못 봤다고?"

"밤에만 나타나는데, 어둠 속에서 더듬어보면 아주 멋진 남자의 몸을 가지고 있답니다."

"어둠 속이니까 그렇지. 불을 켜는 순간 괴물로 변할지도 모른다고."

"맞아. 자기 정체를 들키지 않으려고 밤에만 찾아오는 거야."

이런 이야기를 계속하자 프시케도 조금씩 의구심이 들기 시작했다.

"정말 그런 걸까요?"

언니들은 프시케가 미끼를 덥석 물자 기회는 이때다 싶었다.

"그래, 우리 말이 맞을 거야."

"그러니까 밤에 불을 켜서 확인해봐."

"혹시 괴물이면 칼로 찔러 죽여버려. 안 그러면 너는 평생 사로잡혀 있어야 해. 그러다 괴물의 아이를 낳으면 어떡해?"

"맞아. 그 괴물이 기다렸다가 아기가 태어나면 너와 아기를 동시에 잡아먹을지 어떻게 아니?"

시기와 질투심에 사로잡힌 언니들은 상상력을 총동원하여 험담을 해대며 프시케의 의심과 불안감을 부추겼다.★

프시케는 남편의 얼굴을 한 번도 보지 못했으니, 정말 괴물일지도 모른다는 생각이 들었다. 급기야 언니들은 프시케의 손에 칼을 쥐어주며 말했다.

"베개 밑에 숨겨두었다가 괴물이면 망설이지 말고 칼로 찌르는 거야."

"알았어요, 언니들!"

그날 밤 프시케는 남편을 기다리며 갈등에 휩싸였다. 하지만 한번 고개를 든 의심은 절대 사라지지 않았다. 이미 마음먹었으니 해보는 수밖에 없었다.

마침내 온 세상이 칠흑같이 어두워지자 에로스는 프시케를 찾아와 다정하게 안아준 뒤 옆에 누워서 잠들었다. 깊은 숨소리가 들리자 마침내 프시케는 베개 밑에 숨겨두었던 단검을 손에 들고 침대 밑에 숨겨놓았던 등잔불을 꺼내 불을 붙였다. 가슴이 미친 듯이 쿵쾅거렸다. 괴물이면 그 자리에서 찔러 죽이려고 칼을 비껴든 채 한 손으로 등잔불을 들어 올리는 순간 프시케는 깜짝 놀랐다.

"어머!"

침대에 누워 있는 것은 인간 세상에서는 볼 수 없는 아름다운 남자였다. 프시케는 에로스의 뛰어난 미모를 보자마자 홀린 듯했다.

'이렇게 잘생긴 분이 나의 남편이었다니. 언니들의 말은 다 틀렸어. 나는 세상에서 가장 행복한 여자였어.'

설레는 마음으로 좀 더 가까이에서 보려고 고개를 숙이는 순간 등잔불의 뜨거운 기름이 에로스의 가슴에 떨어졌다.

"앗, 뜨거!"

에로스는 벌떡 일어났다. 그는 한 손에는 등잔을, 한 손에는 칼을 들고 있는 프시케를 보는 순간 그녀가 자신을 의심하고 있었다는 것을 알았다.

"어머, 제가 잘못했어요. 당신의 지시를 어기고 말았어요."

프시케는 칼을 내동댕이치고 엎드려 용서를 빌었다. 그러나 에로스는 단호하게 말했다.

"어리석은 여인, 프시케여. 사랑하는 마음은 의심하는 마음과 같이할 수 없다는 것을 왜 모른단 말이냐? 안타깝구나. 내가 나의 모습을 보여주지 않은 것은 어머니의 반대를 무릅쓰고 너를 사랑했기 때문이다. 그 깊은 뜻을 이해하지 못하다니. 나는 너를 벌하지 않겠다. 하지만 헤어짐이 곧 너에게 큰 상처가 될 것

여기서 잠깐!!

시기와 질투는 때론 역사를 바꿔놓기도 해. 로마의 군인이자 정치인으로 나중에 공화정의 독재관이 된 율리우스 카이사르가 암살당한 이유 중 하나는 그의 가까운 동료들, 특히 브루투스의 질투와 시기 때문이었다고 해. 그를 제거함으로써 로마 공화정은 큰 혼란에 빠졌고, 제정 시대로 빠르게 바뀌었어. 시기와 의심이 낳은 배신이 결국 공동체 전체에 커다란 비극을 불러일으킬 수 있다는 것을 보여준 역사적인 사례야.

이야."

에로스는 뒤도 돌아보지 않고 창문을 통해 날아가 버렸다. 에로스가 떠나자 프시케는 허공에 대고 한없이 외쳤다.

"다시 돌아오세요! 저 혼자 두고 가시면 안 됩니다."

하지만 소용없었다. 에로스는 돌아오지 않았고, 그 순간 호화로운 궁전은 서서히 빛바래기 시작했다. 화려하게 장식된 벽들이 무너졌고, 아름다운 음식은 쓰레기가 되었을 뿐만 아니라 온통 음산한 기운이 감돌았다.

목소리만 들리던 시종들도 모두 사라졌다. 어느새 궁전은 온데간데 없이 사라지고 프시케 혼자 숲속에 남겨졌다. 그녀는 며칠 동안 에로스를 기다리다 주린 배를 안고 부모님이 계시는 궁으로 돌아갔다.

프시케는 언니들에게 모든 것을 털어놓았다.

"알고 보니 내 남편은 신이었어요."

"어머, 그랬구나. 어쩜 좋으니?"

자신들이 프시케를 부추겨서 일을 망쳤는데도 언니들은 전혀 미안해하지 않았다. 오히려 그들은 프시케가 돌아왔으니 어떻게 해서든 자신들이 에로스의 마음을 사로잡아 보겠다는 엉뚱한 생각을 했다.

"프시케를 제물로 바쳤던 산에 가서 에로스를 불러보자."

"그래. 언니가 큰 부인, 내가 작은 부인이 되면 되겠네."

"프시케는 이미 에로스에게 미운털이 박혔으니까 그 대신에 우리를 아내로 맞아들일지도 몰라."

탐욕에 빠진 두 언니는 동생 프시케가 버려졌던 높은 산으로 올라갔다. 그러고는 제물을 바치며 제피로스를 불렀다.

"서풍의 신이시여, 지난번처럼 우리를 바람에 실어 보내주세요."

"우리를 에로스에게 데려다주세요."

제물의 연기가 똑바로 올라가는 것을 보자, 신들이 기도를 들어주었다고 생각한 두 여인은 그대로 절벽에서 뛰어내렸다. 서풍의 신 제피로스가 번쩍 안아서 그들을 에로스에게 데려다줄 거라고 생각했던 것이다. 그러나 제피로스는 이 여자들을 쳐다보지도 않았다.

"아아악!"

어리석고 탐욕스러운 두 여인은 허공을 날아 땅바닥에 떨어져 형체도 없이 으깨지고 말았다.

13

프시케의 과제

프시케는 자기 방에 틀어박혀 불러오는 배를 보면서 한탄했다.

'이 아기는 신이 될 수 있는 기회를 놓치고 말았구나. 인내심 없는 엄마 때문에 인간으로 살아야 하다니. 인간이 겪어야 할 모든 고통을 겪으면서 말이야. 엄마가 정말 미안하구나.'

그뿐만이 아니었다. 프시케는 화려했던 궁의 생활이 너무나도 그리웠다. 늘 우울하게 창밖만 바라보는 딸에게 왕과 왕비가 말했다.

"다른 신들에게 제를 올리고 기도해보거라. 어쩌면 너와 배 속의 아기를 용서해줄지도 모르잖니."

프시케는 미친 여자처럼 숲속을 정처 없이 방황하다 신전 하나를 발견했다. 우연인지 필연인지 그곳은 풍요의 여신 데메테르의 신전이었다. 신전 안에는 낟가리들이 어질러져 있었다. 풍작에 감사하는 인간들이 제물로 가져다 놓은 것이었다.

"신전이 너무 지저분하네. 일단 깨끗이 치워야겠다."

프시케는 어질러진 신전을 깨끗이 정돈하고 켜켜이 쌓인 먼지를 모두 물걸레로 닦아냈다. 프시케의 손길로 데메테르 신전은 번쩍번쩍 빛이 났다. 데메테르는 이 모든 것을 지켜보고 있었다. 자신의 신전을 자기 집보다 더 깨끗이 치워준 프시케에게 감동하여 그녀의 기도를 들어주기로 했다. 데메테르는 프시케의 눈앞에 환영으로 나타나서 말했다.

"프시케! 네가 나의 신전을 깨끗이 치워주었구나. 너의 소원을 들어주겠다. 말해보거라."

"여신님, 감사합니다."

프시케는 주저하지 않고 자신의 소원을 말했다.

"저의 남편인 에로스를 다시 만나게 해주세요. 배 속의 아기를 아비 없는 자식으로 키울 수는 없습니다."

"네가 이렇게 된 것은 네가 너무 아름답기 때문이다. 에로스의 어머니인 아프로디테 여신에게 밉보인 것이지. 내가 네 죄를 풀어줄 수는 없지만 방법을 일러줄 수는 있다."

"어떻게 하면 될까요? 제발 알려주세요."

"너는 무조건 용서를 비는 수밖에 없다. 여신에게 가서 겸손과 순종을 담아 빌어라. 빌고 또 빌어라. 신의 노여움을 사는 것도 인간이지만 그 신의 노여움을 풀 수 있는 것도 인간이다."

모든 문제의 열쇠는 아프로디테에게 있다는 것을 프시케는 알게 되었다.

프시케는 곧장 아프로디테의 신전으로 갔다. 정성껏 준비한 제물을 바쳤지만 바람이 불어와 제물을 태운 연기가 똑바로 올라가지 않고 흩어졌다. 아프로디테의 분노가 풀리지 않았다는 징표였다. 신전을 깨끗이 청소하고 다시 제물을 바쳤지만 연기는 여전히 똑바로 올라가지 않았다.

"아프로디테 여신이시여, 저의 기도를 들어주세요."

프시케가 몇 날 며칠을 간절히 기도하자 마침내 아프로디테가 모습을 나타내더니 분노를 쏟아냈다.

"너 때문에 내 아들 에로스가 어떻게 되었는지 아느냐?"

아프로디테는 에로스의 모습을 허공에 환영으로 보여주었다. 사랑의 상처를 입은 에로스는 올림포스의 자기 처소에 누워 식음을 전폐하고 고통의 눈물을 흘리고 있었다.

"내 아들은 다른 이들을 사랑에 빠지게 하는 신이다. 그런데 자신이 사랑에 빠져 이러고 있지 않으냐. 이게 다 요망한 너 때문이다. 나는 절대 너를 용서하지 않을 것이야."

그러자 프시케는 두 손을 모아 빌었다.

"저를 용서해주세요. 남편을 만나게만 해주시면 무엇이든 하겠어요."

프시케는 통곡하며 애원했다. 아프로디테는 남편을 애타게 그리며 용서를 비는 그녀의 모습에 마음이 조금 흔들렸다.

"그렇다면 너에게 기회를 주겠다."

프시케는 어떤 명령이든 기꺼이 받들 준비가 되었다.

"나의 상징인 비둘기가 먹을 곡식이 이곳에 있다. 오늘 저녁 내로 곡식을 비둘기들이 먹기 좋게 종류별로 분류해놓아라."

아프로디테의 앞에는 곡식이 산더미처럼 쌓여 있었다. 비둘기에게 먹이라고 사람들이 바친 제물이었다. 콩, 기장, 보리, 밀 등이 마구잡이로 뒤섞여 있는 것을 그날 밤까지 종류별로 갈라놓으라는 것이었다.

"제가 어떻게 이 곡식을 밤새 다 분류한단 말입니까? 이것은 사람이 할 수 없는 일입니다. 더구나 혼자서는 불가능합니다."

프시케는 울먹이며 말했다. 이때 올림포스에 누워 있던 에로스는 프시케의 애절한 울음소리를 들었다. 어머니 아프로디테가 프시케에게 해낼 수 없는 과제를 내서 괴롭히려는 것임을 알았다.

에로스는 당장 개미 요정을 불러서 일렀다.

"네가 가서 프시케를 도와주어라."

"아프로디테 여신의 명령인데, 제가 도와줘도 괜찮을까요?"

"저토록 자신의 잘못을 뉘우치고 나를 만나겠다고 애원하지 않느냐?"

"알겠습니다."

개미 요정은 자신이 다스리는 개미 종족들을 불러 모았다.

"이 세상 모든 개미들은 모여라."

신전이 까맣게 덮이도록 개미들이 몰려오자 요정은 명령을 내렸다.

"이 곡식들을 종류별로 분류해라."

개미들은 순식간에 곡식을 분류하기 시작했다. 마치 바닷가 모래밭에 파도가 밀려들었다 밀려 나가는 소리처럼, 신전 안에는 개미들이 움직이는 소리만 가득했다. 해가 질 무렵 대여섯 개의 곡식 무더기가 쌓였다. 기장, 보리, 콩, 밀…… 곡식들이 한 톨도 섞이지 않고 나눠졌다.

"수고들 했다."

일을 마친 개미들은 순식간에 틈과 구멍을 통해 신전을 빠져나갔다.

해가 지자 아프로디테가 기세등등하게 나타났다.

"어디 보자. 내가 지시한 일을 다 했느냐?"

아프로디테는 프시케, 아니 개미들이 해놓은 일을 보고 입이 딱 벌어졌다. 온통 뒤섞여 있던 곡식들이 깔끔하게 나눠져 있었다.

"이, 이럴 수가!"

아프로디테는 분을 삭이며 입을 열었다.

"누군가 도와준 모양이로구나. 하지만 이 정도로는 어림없다. 내일은 들판에 나가 양 떼의 두목인 황금 양의 털을 한 줌 뽑아 오너라. 황금 양털을 구해 오지 못하면 내 아들을 만날 수 없다."

황금 양은 사람을 공격하는 맹수나 다름없었다. 누구도 그 황금 양을 잡을 수 없었다.

"알겠습니다. 반드시 황금 양털을 가져오겠습니다."

하지만 황금 양에게 다가가는 것은 죽으러 가는 것과 같았다.

프시케는 눈물을 흘리며 들판으로 나갔다.

"나는 무기도 없고 힘도 약한데 어떻게 황금 양을 붙잡지?"

황금 양은 풀을 뜯다가 사람이 가까이 다가오기만 해도 달려와 들이받았다. 그 사나운 양의 털을 뽑아 아프로디테에게 바친다는 것은 불가능한 일이었다.

"무서워서 들판으로 나갈 수도 없는데 어떡하지?"

프시케는 강가에 앉아 흐느끼고 있었다. 그때 강의 신이 나타났다.

"아름다운 프시케, 왜 울고 있느냐?"

"강의 신이시여, 아프로디테 여신께서 황금 양털을 가져오라고 하시는데 양에게 다가갈 수가 없습니다. 저렇게 사나운 양의 털을 어떻게 뽑는단 말입니까?"

측은한 마음이 든 강의 신이 일러주었다.

"프시케, 아무에게도 이야기하지 말거라. 너에게만 방법을 알려주겠다. 황금 양은 저녁때가 되면 잠을 자러 옆의 들판으로 간단다. 그리고 여신이 양을 잡아서 털을 뽑으라고 말한 것은 아니지 않으냐?"

"그게 무슨 말씀이세요?"

"양이 들판을 벗어나면 양이 돌아다녔던 곳에서 떨어진 황금 양털을 찾아보아라."

그 말을 마치고 강의 신은 사라졌다. 프시케는 들판의 나무 밑에서 저녁이 되기만을 기다렸다. 이윽고 해가 서쪽 들판으로 넘어가자 양 떼들은 다른 들판으로 옮겨 갔다.

프시케는 황금 양이 풀을 뜯고 놀던 곳으로 달려갔다. 자세히 살펴보니 지는 햇빛을 받아 황금 양털이 반짝였다.

"어머, 여기 많이 걸려 있구나."

프시케는 앞치마에 되는 대로 황금 양털을 주워 모아서 밤새 털들을 가지런히 골랐다. 그리하여 황금 양털을 풍성한 다발로 만들었다.

다음 날 아침이 되자, 아프로디테는 태양과 함께 프시케 앞에 나타났다.

"어디 보자. 내가 지시한 대로 황금 양털 한 줌을 가져왔느냐?"

"여신님, 여기 있습니다."

프시케는 빛나는 황금 양털 다발을 높이 들어 올렸다. 순간 아프로디테는 당황했다.

"이런, 또 누군가가 도와주었구나."

"아닙니다. 저 혼자 한 것입니다."

"나는 네가 무슨 일을 해도 분이 안 풀린다. 너에 대한 미움도 사그라지지 않아. 아직도 너는 해야 할 일이 있다."

프시케는 이미 짐작하고 있었다. 신들이란 결코 호락호락하게 인간의 소원을 들어주지 않는 법이다.

"분부만 내려주십시오. 무엇이든 따르겠습니다."

프시케는 다소곳이 처분만을 기다렸다.

"검은 물을 떠 오너라."

"물은 투명한 것이 아닙니까? 이제까지 검은 물을 본 적이 없습니다."

"검은 물을 떠 오면 너를 용서할지 말지 생각해보겠다."

아프로디테는 순식간에 사라졌다.

'아, 검은 물은 또 어디에 있단 말인가?'

프시케는 사방팔방 다니며 검은 물이 어디 있느냐고 물었다. 그러자 조금씩 검은 물에 대한 소문이 들려오기 시작했다. 그 물가에는 사나운 용들이 지키고 있어서 누구도 그 부근에 다가갈 수 없다고 했다. 하지만 프시케는 잃을 게 없었다.

"아, 신의 뜻이 나를 죽이는 거로구나. 하지만 죽어도 좋아. 제우스 신이시여, 제가 살아야 할 운명이라면 부디 도와주세요."

프시케가 오로지 신들의 왕 제우스만을 믿고 길을 나서자 사람들은 모두 말렸다.

"프시케, 그곳 용들은 사람을 단숨에 잡아먹어."

"용사들도 가지 못하는 곳을 연약한 여자가 어찌 간단 말이야?"

하지만 프시케는 고개를 저었다.

"아닙니다. 저는 이러나저러나 어차피 죽을 운명입니다."

프시케는 자신의 어리석은 행동을 돌이켜보면 죽어 마땅하다고 생각했다. 그렇게 묻고 물어 험한 광야를 지나 온통 검은 흙산에 다다랐다. 마침내 프시케는 검은 물이 샘솟는 바위산으로 올라갔다. 그녀의 여린 손과 발은 온통 까지고 피가 흘렀다.

"아아!"

발이 미끄러져 넘어지기도 했다. 하지만 팔다리에 상처가 나도 프시케는 옆구리에 낀 항아리만은 놓지 않았다. 검은 물을 담아 갈 항아리였다.

'나같이 어리석은 여자는 이런 벌을 받아 마땅하지.'

프시케는 용에게 잡아먹혀도 어쩔 수 없다는 마음으로 계속 올라갔다.

그때 고개를 들어 하늘을 보니 독수리 한 마리가 날고 있었다. 높은 하늘에서 점처럼 보이던 것이 순식간에 프시케를 향해 급강하했다. 그것은 바로 제우스의 독수리였다. 제우스는 프시케의 간절한 기도를 들었다. 하지만 아프로디테가 벌을 주는 것이니 그도 쉽게 움직일 수 없었다. 신들 사이에서도 각자의 권위는 지켜주어야 했다.

하지만 이때 제우스 앞에 나타난 것이 바로 에로스였다.

"제우스 신이시여, 저의 여인 프시케를 도와주소서."

"그대의 어머니가 저리 분노하니 내가 나서기가 쉽지 않구나."

"하지만 제가 사랑하는 여인입니다. 당신께서도 사랑의 위대함을 아
시지 않습니까?"

제우스야말로 아름다운 여인이라면 신, 요정, 인간 할 것 없이 가리
지 않고 자기 것으로 만들어버리지 않는가. 하지만 그런 제우스도 고개
를 저었다. 그렇다고 포기할 에로스가 아니었다.

"프시케를 구해주지 않으면 저는 더 이상 사랑의 화살을 쏘지 않을
것입니다. 제가 쏜 화살에 제가 맞았는데 그 사랑이 이루어지지 않으면
누가 저를 두려워하고 존경하겠습니까?"

에로스가 사랑의 화살을 쏘지 않는다면 이 세상은 심각한 지경에 빠
지고 말 것이다. 사랑의 화살이 날아다녀야 신이든 인간이든 결혼하고
자녀를 낳아 이 세상이 보전되기 때문이다.

"알겠다. 내가 나서보겠다."

그렇게 해서 제우스가 보낸 독수리였다.

"아, 제우스 신의 사신이여!"

독수리는 쏜살같이 내려와 프시케가 들고 있던 항아리를 움켜쥐더
니 높이 날아올랐다. 프시케는 항아리가 깨질까 봐 너무 두려웠다. 하
지만 독수리는 샘가를 지키는 용들의 머리 위로 날아가 항아리를 검은
샘물에 빠뜨렸다. 항아리에 물이 차서 가라앉으려 할 때 독수리는 다시

내려와 날카로운 발톱으로 항아리에 달린 손잡이를 움켜쥐고 날아올랐다.★

독수리는 검은 물이 담긴 항아리를 프시케 앞에 내려주고 사라졌다.

"제우스 신이시여! 감사합니다."

프시케는 검은 물이 가득 담긴 항아리를 갖고 돌아와 아프로디테에게 건넸다. 아프로디테는 그것을 받아들자마자 그대로 내던져버렸다. 항아리는 바닥에 떨어져 산산조각이 났다. 아프로디테의 분노는 점점 광기를 띠기 시작했다.

"도저히 참을 수가 없구나!"

아프로디테는 마지막으로 프시케에게 또 다른 명령을 내렸다.

"너에게 마지막 과업을 내리겠다."

"무엇이든 따르겠습니다."

이미 죽을 각오까지 한 프시케는 평온한 얼굴로 고개를 숙였다.

"당장 저승 세계 타르타로스로 가서 페르세포네 여신을 만나 그녀가 바르는 화장품을 얻어 오너라."

페르세포네는 아름다움이 극에 달한 여신

여기서
잠깐!!

동물이나 곤충이 고난에 빠진 주인공을 돕는 이야기는 동서고금에 많이 등장해. 견우와 직녀의 이야기에도 나오지. 하늘나라에서 소를 돌보던 견우와 베를 짜던 직녀가 사랑에 빠져 일을 소홀히 하자, 화가 난 옥황상제가 그들을 은하수의 동쪽과 서쪽으로 갈라놓았어. 슬픔에 빠진 견우와 직녀를 안타깝게 여긴 까마귀와 까치들이 1년에 한 번 은하수 위에 다리를 만들어 두 사람을 만나게 해주었지. 그날이 음력으로 7월 7일(칠석)이고, 그 다리를 오작교라고 불러. 견우와 직녀가 만나는 날이면 어김없이 비가 내리는데, 그건 두 사람이 만나 흘리는 눈물이라고 전해지지.

이었다. 비록 지하 세계 타르타로스에 살지만 그 미모는 익히 알려져 있었다. 하지만 그녀에게 가서 화장품을 얻어 오라는 것은 죽으라는 뜻이나 마찬가지였다. 타르타로스는 산 사람이 갈 수도 없을뿐더러 거기에서 살아 돌아온 사람도 없었다. 하지만 프시케는 두려움에 떨면서도 타르타로스에 갈 수밖에 없었다.

또다시 프시케는 사람들에게 물었다.

"타르타로스에 가려면 어떻게 해야 하나요?"

사람들은 모두 두려워하며 말렸다.

"거기는 죽은 자만 가는 곳이오."

"산 자도 일단 들어가면 살아 돌아올 수 없소."

하지만 프시케는 포기하지 않았다. 물어물어 마침내 타르타로스로 들어가는 계곡을 찾았다. 프시케는 이승으로 돌아오는 방법은 알지 못한 채 일단 계곡 깊숙이 들어갔다. 끝없이 내려가니 돌탑에서 알 수 없는 목소리가 흘러나왔다.

"프시케!"

"누구세요?"

"타르타로스에 가서 당신의 사연을 이야기하면 페르세포네가 같은 여인으로서 공감하고 자신의 화장품을 나눠줄 것이오."

프시케가 감사의 인사를 건네기도 전에 목소리가 다시 들렸다.

"하지만 그 화장품을 절대 열어보지 마시오. 그것을 열어보는 순간 당신은 남편을 영영 만날 수 없소."

신들은 인간에게 뭔가를 줄 때 항상 조건을 다는 법이다. 지혜로운 프시케는 고개를 끄덕였다.

"알겠어요. 명심할게요."

프시케는 타르타로스 입구로 들어갔다. 스틱스강의 뱃사공 카론에게 하소연해서 강을 건너고 마침내 페르세포네를 만났다.

"여신님, 불쌍한 이 여인을 굽어살펴 주세요."

"그대는 누구인가?"

아름다운 페르세포네가 프시케의 빛나는 미모를 유심히 살펴보며 물었다. 프시케의 미모는 어둡고 차가운 타르타로스를 환하게 밝혀주었다. 허공을 떠도는 유령과 영혼들조차 그녀의 봄 햇살 같은 환한 미모를 구경하러 몰려들었다.

"저는 참으로 어리석은 여자입니다. 에로스 신이 저를 사랑하는 마음을 의심했고, 그로 인해 그 어머니인 아프로디테 여신의 눈 밖에 나서 여신의 노여움이 풀릴 때까지 온갖 과제를 수행하고 있습니다."

프시케는 눈물을 뿌리며 그간 있었던 일들을 털어놓았다. 그녀가 원하는 것은 단 하나, 사랑하는 에로스를 다시 만나는 것이었다. 차가운 타르타로스의 여왕이지만 페르세포네도 여자였다. 그녀는 프시케의 이야기에 공감하며 덩달아 눈물을 흘렸다.

"너의 가슴 아픈 이야기를 잘 들었노라."

마침내 페르세포네는 고개를 끄덕였다.

"불쌍한 프시케, 남편을 사랑하는 너의 마음이 나를 울렸구나. 내가 쓰는 화장품들을 이 상자에 담아주겠다."

페르세포네는 시종에게 화장품을 내오라고 했다.

"잘 가지고 가서 아프로디테 여신에게 전하거라. 그리고 너의 사랑이 이루어지길 바란다."

"감사합니다, 왕비님."

"하지만 이 화장품 상자를 절대 열어보아서는 안 된다."

"네, 명심하겠습니다."

"그것을 어긴다면 너는 불행에 빠질 것이다."

프시케는 마침내 페르세포네의 화장품을 가지고 지상으로 올라왔다.

"아, 마침내 나는 인간으로서 믿을 수 없는 임무를 완수했어."

프시케는 피곤에 지친 몸을 이끌고 신전에 도착했다. 아프로디테는 저녁이 되어야 나타날 것이다. 여신을 기다리며 프시케는 이런저런 생각에 잠겼다.

'페르세포네는 정말 아름다운 여신이야. 어쩜 그렇게 아름다울 수가 있을까?'

신들 못지않은 미모를 가진 프시케였지만 다른 여인의 아름다움은 늘 부러웠다.

'이 화장품에 그런 아름다움을 주는 신묘한 비방이 들어 있는 거겠지?'

프시케는 페르세포네의 차가운 미모가 눈앞에 아른거렸다. 어떤 인간도 따라갈 수 없는 아름다움이었다.

'이 화장품을 바르면 나도 그렇게 아름다워질 수 있을까?'

프시케는 자기도 모르게 욕심이 났다.

'조금만 살짝 발라볼까? 아냐, 돌탑의 정령이 절대 뚜껑을 열지 말라고 했어.'

화장품을 열면 안 된다는 이성과 조금이라도 발라보고 싶은 욕망이 정면으로 충돌했다. 생각을 거듭할수록 조금만 발라보거나 아니면 구경이라도 해보고 싶다는 욕망이 점점 더 강해졌다.

'이걸 바르고 예뻐지면 에로스 신께서 나를 더 예뻐하시겠지?'

처음에는 지극히 소박한 마음이었다. 여인이라면 누구나 가질 법한 생각이었다. 아름다워지는 묘약 앞에서 어쩌면 당연한 생각이었다. 그러나 생각은 계속 붙잡고 있을수록 점점 커지는 법이다.

'아, 어쩌지? 한 번만 살짝 열어보는 것은 괜찮지 않을까?'

마침내 프시케는 아름다워지고 싶은 열망을 이기지 못했다. 그녀는 화장품 상자를 조심스럽게 열기 시작했다. 조금만 열어보고 얼른 다시 닫으려고 했다.

그러나 상자 속에는 화장품이 없었다. 인간의 마지막 욕망을 시험하고자 했던 신들의 장난에 걸려든 것이다.

"아, 아무것도 없잖아."

상자 속은 텅 비어 있었다. 하지만 아무것도 없는 것이 아니었다. 그 속에는 영원한 잠에 빠지는 잠의 씨앗이 들어 있었다. 상자를 여는 순간 프시케는 그대로 깊은 잠에 빠졌다. 움직이지도 않고 아무리 깨워도 일어나지 않는 깊은 잠이었다.

이때 허공에서 날아온 아프로디테는 잠들어 있는 프시케를 보고 크게 웃었다.

"호호호! 너는 그렇게 잠자다 말라 죽을 것이다. 감히 내 아들을 고통에 빠뜨린 벌이다. 이제야 분이 좀 풀리는구나."

아프로디테가 실컷 웃고 사라진 뒤에 나타난 것은 에로스였다.

"프시케, 내가 왔소. 어서 일어나요."

하지만 페르세포네가 걸어둔 마법의 잠은 그 누구도 벗어날 수 없었다.

"아, 프시케! 이게 어찌 된 일이오?"

에로스는 한참 동안 그녀를 안고 통곡했다. 페르세포네의 마법을 풀 방법은 에로스에게도 없었다. 프시케의 곁에서 흐느끼기만 하던 에로스에게 갑자기 한 가지 생각이 떠올랐다.

"그래, 이 문제를 해결할 수 있는 것은 제우스 신뿐이야."

에로스는 물에 빠진 사람이 지푸라기라도 잡는 심정으로 프시케를 안아 들고 올림포스로 날아갔다. 에로스는 제우스 앞에 프시케를 내려 놓았다.

"위대한 제우스 신이시여."

제우스는 깜짝 놀랐다. 웬 죽은 여인을 에로스가 안고 왔나 싶었다.

"무슨 일이냐? 이 여인은 누구인가?"

"제 이야기를 들어주십시오."

에로스는 프시케가 시체처럼 누워 있는 모습을 가리키며 절규하듯 외쳤다.

"저는 그동안 남들을 사랑에 빠지게 했을 뿐 한 번도 사랑에 빠진 적이 없습니다!"

"그래, 그것이 너의 역할이 아니더냐?"

"하지만 프시케를 보는 순간 깊은 사랑에 빠졌습니다. 인간이기는 하지만 신이 될 자격이 충분한 여인입니다. 신전을 깨끗이 청소해주었고, 많은 사람들의 사랑을 받고 있습니다. 제 어머니 아프로디테에게 인정받을 수 있도록 설득해주세요."

에로스는 제우스의 무릎을 어루만지며 간절히 호소했다.

제우스는 안타까운 마음이 가득했다. 프시케는 여신에 비견될 정도로 정말 아름다운 여인이었다. 게다가 그리 큰 죄를 지은 것도 아니었다.

"인간으로서 타르타로스까지 다녀왔다면 이미 자격은 충분하다. 아프로디테를 불러와라!"

한참 뒤에 아프로디테가 아름다운 모습으로 올림포스에 나타나 제우스 앞에 섰다.

"아프로디테, 그대에게 할 말이 있다."

"말씀하십시오."

"그대도 이제 며느리를 볼 때가 되지 않았는가?"

순간 아프로디테의 얼굴이 굳어졌다.

"그렇잖아도 에로스가 화살을 자신에게 잘못 쏘는 바람에 제가 요즘 여간 골치 아픈 게 아닙니다. 다행히 페르세포네의 도움으로 해결했습니다."

"프시케 말이로군."

"어떻게 프시케를 아십니까?"

아프로디테가 놀라는 것도 아랑곳하지 않고 제우스는 자신의 말을 이어나갔다.

"신들도 호기심은 이기지 못한다. 하물며 인간은 어떻겠느냐? 프시케 정도라면 충분히 아름답고 슬기로우며 용감한 것이 에로스와 맺어질 자격을 충분히 갖췄다. 이제 그만 분노를 풀고 그녀를 받아들이는 것이 어떻겠느냐?"

"절대 안 됩니다. 그럴 수 없어요."

그때 숨어 있던 에로스가 나타났다.

"어머니, 저의 소원을 들어주세요. 부탁입니다. 프시케를 잠에서 깨어나게 해주세요."

"프시케는 내가 부여한 임무를 제대로 완수하지 못했다."

"그건 인간의 약점을 이용한 신들의 덫이 아닙니까? 그것을 이겨낼 사람이 어디 있단 말입니까?"

에로스는 어머니 아프로디테에게 간청했다.

제우스도 진심으로 설득했다.

"아프로디테, 아들의 소원을 들어줘라. 사랑하는 여인을 잃는다는 것이 얼마나 안타까운 일인가? 인간들의 사랑은 맺어주면서 정작 자기 아들의 사랑은 못 맺어준단 말인가?"

그들을 지켜보던 다른 신들까지 나서서 에로스의 편을 들어주었다.

하지만 아프로디테는 완강했다.

"그럴 수는 없어요. 절대 안 돼요."

그러자 올림포스의 모든 신들이 나서서 설득했다. 아프로디테는 한참을 버티다 마침내 마음이 흔들렸는지 고개를 끄덕였다.

"알겠습니다. 모든 신들이 원하고 내 아들이 진심으로 바라는 일이니 프시케를 받아들이겠습니다."

에로스는 어머니 아프로디테에게 달려들어 힘껏 끌어안았다.★

"어머니! 감사합니다."

그리하여 깊은 잠에 빠졌던 프시케가 깨어났다.

"이곳이 어디인가요?"

프시케는 눈이 부셔서 제대로 뜨지 못했다.

"나는 제우스다. 프시케, 너의 진정한 사랑이 너를 살렸다."

에로스가 그녀 앞으로 다가가서 말했다.

"프시케, 내가 바로 당신의 에로스요."

"아아, 사랑하는 나의 신랑. 드디어 당신을 만나는군요."

프시케는 너무나 감동하여 황홀한 표정을 지었다.

"자, 프시케. 그대는 신이 될 자격이 충분하오. 당신은 이제 나의 아내요."

에로스는 기뻐 어쩔 줄을 몰랐다.

곧이어 올림포스의 살림을 도맡아 하는 여신 헤베가 다가왔다.

"축하해요, 프시케. 하지만 신이 되려면 아직 치러야 할 의식이 남았어요."

여기서 잠깐!!

아프로디테는 육체적 사랑의 여신이야. 그래서 '아프로디테 포르네(음란한 사랑의 여신)'라고 불렸어. 하지만 아들인 에로스가 순수한 정신적 사랑을 해서 한 단계 더 올려놓았지. 그래서 육체적인 사랑뿐 아니라 정신적인 사랑도 소중한 거야.

"그게 뭐죠?"

"신들의 음식을 먹고 신의 몸으로 바꿔야죠."

헤베는 황금 소반에 받쳐 온 신의 음식인 암브로시아와 신의 음료인 넥타르를 건네주었다. 프시케는 떨리는 손으로 그것을 들어 소중하게 먹었다. 여신이 된 프시케의 몸은 가벼워지고 환한 빛이 뿜어 나왔다.

"신들이여, 새로 탄생한 아름다운 프시케 여신을 따뜻하게 맞아주시오."

제우스의 명령이 내려졌다.

"두 신의 아름다운 결혼식을 준비하시오."

신의 영혼을 갖게 된 프시케는 에로스와 화려한 결혼식을 올리고 정식으로 부부가 되었다. 아프로디테의 반대에도 불구하고 둘은 진정한 사랑의 힘을 증명해낸 것이다. 사랑은 시험을 거쳐야 더 단단해진다더니, 둘의 사랑은 이제 누구도 부정할 수 없는 화려한 빛으로 빛났다. 올림포스의 신들과 인간들이 함께 어우러져 웃고 축하하는 가운데 에로스는 프시케의 손을 잡고 속삭였다.

"우리가 견딘 시간들이 우리를 여기까지 데려왔어."

프시케와 에로스의 결혼식은 모든 신들의 축복 속에서 이루어졌다. 올림포스의 대연회장에는 찬란한 빛으로 가득한 장식이 펼쳐지고, 시어머니인 아프로디테를 비롯한 주요 신들이 앞다퉈 축사를 전하고 선물을 건넸다.

제우스는 금빛 월계관을 신부에게 씌워주며 신성한 결합을 선언했다. 헤라는 신들의 의식을 이끌며 거룩한 혼합주를 부부에게 바쳤고, 헤르메스는 천상의 음악으로 분위기를 한층 더 고조시켰다. 사랑과 영혼의 결합을 상징하는 이 결혼은 신과 인간 모두에게 오래도록 기억될 대축제였다.

지상 최고의 아름다움을 가진 프시케와 사랑의 신 에로스의 결합은 새로운 생명으로 또 한 번 축복을 받았다. 배 속에 있던 아기가 마침내 태어나니, 바로 헤도네였다. 헤도네는 에로스의 딸답게 쾌락과 행복의 여신이 되었다.

주석으로 쉽게 읽는

고정욱 그리스 로마 신화 ❻

초판 1쇄 인쇄 2024년 12월 27일
초판 1쇄 발행 2025년 1월 17일

지은이 고정욱
펴낸이 이범상
펴낸곳 (주)비전비엔피 · 애플북스

기획 편집 차재호 김승희 김혜경 한윤지 박성아 신은정
디자인 김혜림 이민선
마케팅 이성호 이병준 문세희 이유빈
전자책 김희정 안상희 김낙기
관리 이다정

주소 우) 04034 서울특별시 마포구 잔다리로7길 12 (서교동)
전화 02) 338-2411 | **팩스** 02) 338-2413
홈페이지 www.visionbp.co.kr
인스타그램 www.instagram.com/visionbnp
포스트 post.naver.com/visioncorea
이메일 visioncorea@naver.com
원고투고 editor@visionbp.co.kr

등록번호 제313-2007-000012호

ISBN 979-11-92641-58-4 04840
        979-11-92641-52-2 04840 [SET]